编 委 会

新时代中国优秀新闻作品案例库

第31届中国新闻奖
获奖作品新媒体展示手册

殷陆君　曾祥敏 ◎ 主编

中国传媒大学出版社
·北京·

目 录

特别奖

一等奖/

二等奖

三等奖

中国新闻奖

特别奖

风雨无阻向前进
——写在中国人民抗击新冠肺炎疫情之际

作品信息

作品类型：特别奖·文字评论
刊播单位：人民日报社
报送单位：人民日报社
作　　者：集体
编　　辑：集体
作品字数：8955 字
刊播版面：要闻 1 版转 2 版
首发日期：2020 年 3 月 26 日

人民日报

作品简介

本文以充满感情、蕴含哲理的语言，全景回望在习近平总书记的亲自指挥和部署下，全国人民万众一心共克时艰的感人过程，梳理在应对疫情中彰显的中国制度优势和取得的伟大成就，思考抗击疫情带给国家和社会的深刻启示。

获奖理由

文章围绕中华儿女万众一心战疫情展开，既有高屋建瓴的宏大叙事，又有见人见物的故事细节；既有严谨深入的理性思考，又有感人至深的细腻表达。文章大量呈现疫情防控中的真实话语、故事和抉择，至今读来仍有直抵人心的力量。

新媒体展示

使用手机扫描下方二维码，即可观看本条获奖作品的新媒体展示。

习近平的扶贫故事

作品信息

作品类型：特别奖 · 文字通讯
刊播单位：新华通讯社
报送单位：新华通讯社
作　　者：赵承、霍小光、张晓松、侯雪静、林晖、施雨岑
编　　辑：蔡名照、何平、张宿堂
作品字数：9763 字
首发日期：2020 年 5 月 19 日

作品简介

此稿采写创作历时 8 个月，对习近平总书记的扶贫故事进行了系统梳理、重新挖掘，用创新的写法，独家披露了生动的故事，全面展现了总书记对脱贫攻坚工作的思考、与困难群众的互动、对扶贫干部的关怀。

新媒体展示

使用手机扫描下方二维码，即可观看本条获奖作品的新媒体展示。

获奖理由

稿件将富有画面感的特写场景、温暖人心的动作细节、生动鲜活的语言对话，放在波澜壮阔的新时代背景下，体现了一位大国领袖的人民情怀、使命担当、高超智慧，是一篇充分体现国家通讯社报道水平的佳作。

同心战“疫”

作品信息

作品类型：特别奖·电视新闻专题
刊播单位：中央广播电视总台（央视）
报送单位：中央广播电视总台
作　　者：集体
编　　辑：刘美佳、杨禹
作品时长：54 分 17 秒
刊播栏目：综合频道特辟时段
首发日期：2020 年 9 月 2 日至 7 日

作品简介

本片通过对大量事实和细节的梳理，真实、全面、生动、温暖、有力地展现了习近平总书记作为党中央核心、全党核心，在这场人民战争中的定海神针作用，向世界展示了中国力量、中国精神、中国效率。

获奖理由

该纪录片全景式记录了波澜壮阔、艰苦卓绝的抗疫斗争，展现了中国人民从磨难中奋起的巨大勇气，触发了 14 亿人民对这场抗疫大战的共同记忆与情感，形成了记录抗疫斗争的国家影像志，向世界真实、真诚地讲述了中国抗疫故事。

新媒体展示

使用手机扫描下方二维码，即可观看本条获奖作品的新媒体展示。

《习近平谈治国理政》第三卷知识点

作品信息

作品类型:特别奖·新闻网站新闻专题
刊播单位:新华网
报送单位:中央网信办网络新闻信息传播局
作　　者:集体
编　　辑:集体
发布平台:新华网
首发日期:2020 年 7 月 20 日

作品简介

该作品全媒体、全方位,多角度、多层次地宣传《习近平谈治国理政》第三卷。作品速览"知识点",以"快"赢得先机;发掘"知识点",以"新"寻求突破;联动"知识点",以"深"扩大影响;包装"知识点",以"融"提升功能。

新媒体展示

使用手机扫描下方二维码,即可观看本条获奖作品的新媒体展示。

获奖理由

新华网倾力打造的重磅融媒体专题,以丰富多彩的精品内容、层出不穷的全媒形式、刷屏全网的传播效果,牢牢占据了网上宣传主阵地,极大地彰显了主流媒体气质和主流媒体水准,得到用户、受众的广泛称赞。

生死金银潭

作品信息

作品类型：特别奖·短视频专题报道
刊播单位：人民日报客户端
报送单位：中华全国新闻工作者协会新媒体
专业委员会
作　　者：集体
编　　辑：集体
作品时长：28 分 34 秒
发布平台：人民日报客户端
首发日期：2020 年 3 月 31 日

人民日报
PEOPLE'S DAILY

作品简介

记者和摄影师驻守医院完成了这部作品，这部作品是全国最早深度报道武汉定点医院隔离“红区”的纪录片，用白描的手法，冷静、克制的镜头语言，呈现了金银潭医院疫情期间最真实的情况。社会反响热烈，并产生广泛的国际影响。

获奖理由

作品选题精准，从处于“风暴之眼”的金银潭医院入手，新闻价值大，作品内容扎实、细节丰富、情感饱满，立意高远，客观、平实而又生动勾勒出武汉乃至全国的抗疫图景，让人深刻理解“人民至上、生命至上”的中国抗疫理念。

新媒体展示

使用手机扫描下方二维码，即可观看本条获奖作品的新媒体展示。

中国新闻奖

一等奖

从“暂停”到“重启”：武汉解除离汉通道管控

作品信息

作品类型：一等奖 · 文字消息
刊播单位：新华通讯社
报送单位：新华通讯社
作　　者：唐卫彬、李鹏翔、胡喆
编　　辑：刘刚、张旭东、刘东凯、周文林
作品字数：908 字
首发日期：2020 年 4 月 8 日

作品简介

本文主题重大、立意高远，兼具历史视角、全局高度和人民情怀；记者不顾个人安危，深入一线采访，闯“红区”、入方舱、进社区，访问病患；主创精心组织、精益求精，多次深入研讨，谋篇布局，总结提炼，精心打磨，字斟句酌。

获奖理由

稿件全面生动、权威翔实地报道武汉“解封”这一重大事件，既见人见事又具有宏大格局和历史视野，文字洗练、思想深邃，充分反映了中国抗击新冠肺炎疫情伟大斗争的决定性成果，是新闻性、思想性、可读性突出的精品佳作。

新媒体展示

使用手机扫描下方二维码，即可观看本条获奖作品的新媒体展示。

湖北新冠肺炎新增病例首次零报告

作品信息

作品类型：一等奖 · 文字消息
刊播单位：湖北日报社
报送单位：湖北省新闻工作者协会
作　　者：周芳、刘娜、陈会君、廖志慧
编　　辑：韩少林、张晓峰、张国安
作品字数：872 字
刊播版面：1 版
首发日期：2020 年 3 月 20 日

作品简介

在湖北新增病例降为两位数时，编辑部提前安排部署，敏锐捕捉“零报告”时点。消息凝练厚重，用“救治，与病魔较量”“防控，与时间赛跑”“保障，与困难斗争”几个层次，勾勒出疫情防控的宏观大局。

新媒体展示

使用手机扫描下方二维码，即可观看本条获奖作品的新媒体展示。

获奖理由

这是抗击疫情的最大“好消息”，具有风向标意义。本文采访扎实，从 5 万余字素材中凝练成文，字斟句酌、精益求精；跳出传统写法，既有宏阔视角，又有典型细节，更有思想深度，起到稳定社会情绪、鼓舞战斗士气的作用。

我国最后一个不通公路的建制村
车路双通 滴滴！阿布洛哈村来车了

作品信息

作品类型：一等奖 · 文字消息
刊播单位：四川日报社
报送单位：四川省新闻工作者协会
作　　者：梁现瑞、王眉灵、王代强
编　　辑：李淼、栾静、张飒
作品字数：912 字
刊播版面：7 版
首发日期：2020 年 7 月 21 日

作品简介

《四川日报》对阿布洛哈村的关注和报道已持续十余年。作品意义重大、选题典型，以大凉山深处一个小山村的通车，反映全国脱贫攻坚冲刺阶段节节胜利的可喜态势，折射出中国扶贫伟大奇迹的来之不易。

获奖理由

阿布洛哈村是全国最后一个不通公路的建制村，其通路通车，是全国打赢脱贫攻坚战的一个标志。作品通过一条公路的建设，带出全省通村公路建设全貌，凸显历史性成就；通过不同人的视角，展现阿布洛哈村的今日之喜和明日之愿。

新媒体展示

使用手机扫描下方二维码，即可观看本条获奖作品的新媒体展示。

发现不了问题就是最大问题

作品信息

作品类型：一等奖 · 文字评论
刊播单位：山西日报社
报送单位：山西省新闻工作者协会
作　　者：陈力方(陈丽芳)
编　　辑：杨勇
作品字数：1116 字
刊播版面：要闻版 4 版
首发日期：2020 年 10 月 12 日

作品简介

《山西日报》围绕重要部署，推出关于安全生产的相关评论。作品从全省排查安全隐患的几组数字切入，提出观点；主体论证部分，逐层发出疑问、剖析原因、提出建议；结尾呼吁，须时刻紧绷安全生产这根弦，夯实高质量发展根基。

新媒体展示

使用手机扫描下方二维码，即可观看本条获奖作品的新媒体展示。

获奖理由

该评论观点鲜明、论点正确、逻辑清晰、论证有力，准确把握时度效，服务重点工作，回应社会关切，起到了凝聚共识、引导舆论的作用。评论刊发后，被人民网、搜狐网等转载引用，产生了良好的社会反响。

"Cover-up" Claims from US Are All Sound and Fury (谎言:美国最新一轮阴谋论的源头)

作品信息

作品类型:一等奖·文字评论
刊播单位:中国日报网
报送单位:中央网信办网络新闻信息传播局
作　　者:伊谷然
编　　辑:张春燕、宋薇
作品字数:1191 字
首发日期:2020 年 10 月 12 日

作品简介

文章开篇用海外受众熟悉的经典话语吸引注意、引发思考,随后运用事实对比的手法,让中美抗疫的差异跃然眼前,最后得出结论,指出美国应该学习中国抗击疫情的成功经验,而不是用谎言来抹黑中国从而转移公众视线。

获奖理由

这篇评论文章是中国日报网充分发挥其国际传播优势和特色,传递中国声音,阐明中国立场,有效引导国际舆论的一个成功案例,文章从题材、内容到刊发时间,深得网络评论站位高、发声快、角度尖、巧借嘴的几大要义。

新媒体展示

使用手机扫描下方二维码,即可观看本条获奖作品的新媒体展示。

警惕“精致的形式主义”

作品信息

作品类型：一等奖・文字评论
刊播单位：新华日报社
报送单位：四川大学文学与新闻学院
作　　者：刘庆传、颜云霞
编　　辑：双传学、李扬
作品字数：1563 字
刊播版面：要闻版 3 版
首发日期：2020 年 10 月 12 日

新华日报

作品简介

评论列举了“精致的形式主义”的种种表现，精准刻画了“精致的形式主义”的新特点，立足历史视角，深入分析形式主义是如何产生的、如何反对形式主义。评论主题重大、立意高远、议论深刻，具有很强的现实针对性。

新媒体展示

使用手机扫描下方二维码，即可观看本条获奖作品的新媒体展示。

获奖理由

作品针对当下出现的形式主义“新变”与“怪相”，以“精致的形式主义”进行准确概括并作出中肯深刻的评论，体现出强烈的现实针对性、敏锐的社会洞察力与自觉的媒体责任感，有力彰显了党报正确的价值引领作用和评论的理性力量。

青海"隐形首富"：祁连山非法采煤获利百亿至今未停

作品信息

作品类型：一等奖 · 文字通讯与深度报道
刊播单位：经济参考报社
报送单位：中国行业报协会
作　　者：王文志
编　　辑：张超文、朱国圣、宋振远、陈伟
作品字数：3885 字
刊播版面：经参调查 · 锐度 4 版
首发日期：2020 年 8 月 4 日

经济参考报
Economic Information Daily

作品简介

记者历时两年不懈调查采访，三次只身深入海拔 4200 米的祁连山南麓腹地青海木里矿区内部，克服高原缺氧、人迹罕至、环境凶险等困难，采写完成了此篇揭露式重磅报道。该报道刊发后，掀起巨大的舆论冲击波。

获奖理由

稿件主题重大，立意高远；证据充分扎实，无可辩驳；写作选材精当，逻辑清晰严密，是调查报道中的一篇代表性作品，也是经济参考报社提高政治站位、服从服务大局、敢于碰硬，推出的精品力作。

新媒体展示

使用手机扫描下方二维码，即可观看本条获奖作品的新媒体展示。

护送“钻石公主”号上的同胞回家

作品信息

作品类型：一等奖・文字通讯与深度报道
刊播单位：福建日报社
报送单位：福建省新闻工作者协会
作　　者：曾武华、许上福、卢金福、黄汇杰、杨李超、张维东
编　　辑：杨李超、张维东
作品字数：2882 字、2868 字、2412 字
刊播版面：要闻 5 版
首发日期：2020 年 2 月 21 日

作品简介

作品以“走，咱们回家！”为主题，记录了新冠肺炎疫情爆发初期，海外华人刘丹蕻协助中国使领馆撤离“钻石公主”号邮轮上 300 多位中国港澳台同胞的全过程，正面塑造了“福建形象”“中国形象”。

新媒体展示

使用手机扫描下方二维码，即可观看本条获奖作品的新媒体展示。

获奖理由

《福建日报》通过多篇图文报道，对海外华人协助撤离“钻石公主”号邮轮上港澳台同胞的事迹进行对外立体化宣传，海内外反响强烈，彰显了中国政府抗击疫情的能力和对国人的爱护。

“半条被子的故事”有新篇

作品信息

作品类型：一等奖·文字通讯与深度报道
刊播单位：经济日报社
报送单位：经济日报社
作　　者：刘亮
编　　辑：郑庆东、王智、朱磊
作品字数：1610 字
刊播版面：要闻 1 版
首发日期：2020 年 9 月 18 日

作品简介

1984 年 11 月，《经济日报》率先报道了“半条被子的故事”。2020 年 9 月，在习近平总书记考察“半条被子的故事”发生地之际，该报刊发“半条被子的故事”新篇，激励新闻工作者扎实践行“四力”，讴歌伟大新时代。

获奖理由

该报道展示了“半条被子”精神的历史穿透力，阐明了习近平总书记考察沙洲村，勉励全党“不忘初心”的重大意义，阐释了中国共产党始终不渝的为民初心。全国媒体纷纷跟进，形成了“半条被子的故事”报道热潮。

新媒体展示

使用手机扫描下方二维码，即可观看本条获奖作品的新媒体展示。

“总书记来过我们家”系列报道

作品信息

作品类型：一等奖 · 文字通讯与深度报道
刊播单位：人民日报社
报送单位：人民日报社
作　　者：集体
编　　辑：集体
作品字数：1983 字、1808 字、1965 字
刊播版面：要闻 1—4 版
首发日期：2020 年 1 月 5 日

作品简介

《人民日报》推出的原创重点专题系列报道“总书记来过我们家”，以“总书记重要讲话＋当事人回忆＋报道＋评论”的创新形式，展现十八大以来习近平总书记作为人民领袖的深厚人民情怀，激励广大人民群众在奋斗追梦中创造美好生活。

新媒体展示

使用手机扫描下方二维码，即可观看本条获奖作品的新媒体展示。

获奖理由

该作品构思上通过“组合＋系列”体现整体创意思维，报道视角上通过“实地回访＋个体叙事”引发感情共鸣，表达呈现上通过“文学意境＋鲜活口语”增强可读性、感染力，总体上基调昂扬，起到了暖人心、聚民心的作用。

统帅的深情牵挂

作品信息

作品类型：一等奖 · 文字通讯与深度报道
刊播单位：解放军报社
报送单位：中央军委政治工作部宣传局
作　　者：王士彬、费士廷、李学勇、梅常伟
编　　辑：欧灿、夏洪平
作品字数：4827 字
刊播版面：1 版
首发日期：2020 年 5 月 26 日

作品简介

2020 年全国“两会”期间，解放军和武警部队代表团深入学习贯彻习近平强军思想，深刻感悟军队统帅的崇高人格魅力和爱兵情怀，产生强烈共鸣。本篇时政特稿充分展现了广大官兵坚定维护核心、坚决听从指挥的昂扬风貌。

获奖理由

该报道围绕深入学习贯彻习近平强军思想的主题，回顾了习主席关心基层部队建设的感人故事，展现了统帅的崇高人格魅力和爱兵情怀，政治站位高、思想意蕴深厚，以其强大的传播力、影响力、引导力在受众中引起广泛共鸣。

新媒体展示

使用手机扫描下方二维码，即可观看本条获奖作品的新媒体展示。

大山深处走出最美“古丽”

作品信息

作品类型：一等奖 · 文字通讯与深度报道
刊播单位：新疆日报社
报送单位：新疆维吾尔自治区新闻工作者协会
作　　者：李杨、梁立华
编　　辑：杨帆、石锋、赵卫斌、钟秀玲
作品字数：2839 字
刊播版面：要闻 1 版
首发日期：2020 年 12 月 11 日

作品简介

作品报道了帕夏古丽 · 克热木这一脱贫攻坚典型的事迹，引发社会各界对新疆发生的深刻变化的关注，包括南疆群众在思想面貌、精神状态上发生的巨变。作品有力驳斥了美西方国家对新疆存在所谓“大规模强迫劳动现象”的污蔑。

新媒体展示

使用手机扫描下方二维码，即可观看本条获奖作品的新媒体展示。

获奖理由

在以美国为首的西方反华势力污蔑新疆“强迫劳动”的背景下，该作品大量捕捉细节，以事实说话，以情动人，充分展现出在新时代党的治疆方略指引下，南疆大地发生的巨大变化和少数民族群众思想深处发生的深刻变化。

杨叔的脱贫日记

作品信息

作品类型：一等奖·文字通讯与深度报道
刊播单位：陕西日报社
报送单位：陕西省新闻工作者协会
作　　者：张辰、刁江岭
编　　辑：周维军、曹瑞
作品字数：2884 字
刊播版面：1 版
首发日期：2020 年 12 月 22 日

作品简介

记者深入了解宝鸡市脱贫户杨思笃老人家生活的前后变化，从杨叔 14 本日记中选取他的内心独白穿插于报道中，全文如行云流水，一气呵成，映射出共产党人增进人民福祉、实现人民幸福、坚守初心使命的不懈追求。

获奖理由

该报道通过脱贫攻坚大背景下的一个小典型，折射出新时代脱贫攻坚的伟大成就。作品叙事流畅、结构完整，主题鲜明、立意高远，创作精细有深度，稿件写作直抵人心，为决胜全面建成小康社会提供了强大精神动力。

新媒体展示

使用手机扫描下方二维码，即可观看本条获奖作品的新媒体展示。

2020 年 9 月 9 日《解放日报》1—4 版

作品信息

作品类型：一等奖·新闻版面
刊播单位：解放日报社
报送单位：中国新闻漫画研究会
作　　者：集体
编　　辑：集体
刊播版面：全国抗疫表彰大会 1—4 版
首发日期：2020 年 9 月 9 日

作品简介

该版面以内容为核心，首次尝试以手绘方式制作全国抗疫表彰大会当天的新闻版面。编辑充分利用版面篇幅所提供的创作空间，精选精编内容，精心制作标题、提要和内页导读，体现了党报在重大新闻关键节点的匠心与担当。

新媒体展示

使用手机扫描下方二维码，即可观看本条获奖作品的新媒体展示。

获奖理由

该版面呈现了全国抗疫表彰大会这一历史时刻，以手绘这一特殊版面形式刻画了英雄群像，感情浓烈。版面在空间布局概念上大胆创新，既有上下左右，也有边角构想。编辑精心制作关键词、新闻标题，突出了版面的视觉中心与节奏感。

“燃灯校长”送1600多名女孩出深山

作品信息

新华每日电讯
XINHUA DAILY TELEGRAPH

作品类型：一等奖·副刊作品
刊播单位：新华每日电讯社
报送单位：中国报纸副刊研究会
作　　者：庞明广、严勇、陈欣波
编　　辑：谢锐佳、易艳刚、雷琨
作品字数：5786字
刊播版面：13版
首发日期：2020年7月10日

作品简介

该报道的主人公是新华社连续追踪13年的典型人物张桂梅，报道讲述了她帮助1600多名女孩走出深山的故事，助其获得“时代楷模”“感动中国年度人物”“最美教师”等荣誉。作品传播效果佳，为社会注入了正能量。

获奖理由

记者笔下的“燃灯校长”张桂梅，形象立体，故事催人泪下，真实可感。采访扎实深入，彰显了新华社人物报道的深厚底蕴。作品在各大平台刷屏后的持续影响力，凸显了新华社报道“成风化人”之效。

新媒体展示

使用手机扫描下方二维码，即可观看本条获奖作品的新媒体展示。

习近平在陕西省平利县考察脱贫攻坚情况

作品信息

作品类型：一等奖 · 新闻摄影
刊播单位：新华通讯社
报送单位：中国新闻摄影学会
作　　者：燕雁
编　　辑：罗晓光、鲍菲菲、徐金泉、侯昭康
幅　　数：1 幅
刊播版面：中文对外专线
首发日期：2020 年 4 月 21 日

作品简介

新华社摄影部编发的该稿件记录了珍贵而意蕴深远的瞬间：从党的总书记到村党支部书记，各级书记同时出现在产业扶贫第一线，共抓脱贫攻坚工作，兑现对人民的承诺。作品在客户端的浏览量近 80 万，被众多主流媒体深度解读，形成了刷屏之势。

新媒体展示

使用手机扫描下方二维码，即可观看本条获奖作品的新媒体展示。

获奖理由

整幅作品构思精巧、人物生动，特别是总书记与五级书记等同框的瞬间非常难得。这一瞬间的定格既有一定的巧合因素，也离不开作者把新闻现场放在疫情防控、脱贫攻坚两大主题背景下进行的深入思考。

重拳出击

作品信息

作品类型：一等奖 · 新闻漫画
刊播单位：中国日报社
报送单位：中国新闻漫画研究会
作　　者：李旻
编　　辑：邢志刚
刊播版面：评论版 8 版
首发日期：2020 年 1 月 31 日

CHINA DAILY 中国日报

作品简介

新冠肺炎疫情来袭，全国上下万众一心、众志成城、共克时艰，为世界抗疫工作树立了成功的典范。《中国日报》应用漫画这一形式，生动再现了波澜壮阔的抗疫历程。

获奖理由

该作品形象描绘了新冠肺炎疫情下，中国人民万众一心、众志成城的精神面貌。作品构图富有创意，生动形象地展现了中国民众同心抗击疫情的决心和斗志，传播了正能量，起到鼓舞人心的积极作用，取得了良好的对外传播效果。

新媒体展示

使用手机扫描下方二维码，即可观看本条获奖作品的新媒体展示。

全国首个！浙江为数字经济立法

作品信息

作品类型：一等奖·广播消息
刊播单位：浙江之声
报送单位：浙江省新闻工作者协会
作　　者：王娴、涂希冀、叶澍蔚
编　　辑：夏海云
作品时长：3 分 56 秒
刊播栏目：《浙广早新闻》
首发日期：2020 年 12 月 25 日

作品简介

数字经济是我国国民经济高质量发展的新动能，也是浙江的"一号工程"。在全国率先开展数字经济促进型立法工作，是浙江推进数字领域依法治理的里程碑事件。该报道层层递进，针对《浙江省数字经济促进条例》进行了通俗易懂的梳理与分析。

新媒体展示

使用手机扫描下方二维码，即可观看本条获奖作品的新媒体展示。

获奖理由

该报道逻辑清晰、文字精练，新闻价值高。报道中所选的采访对象均与《浙江省数字经济促进条例》有着密切联系。报道采访扎实，听感强，内容生动立体，对有效信息的优化与突出令作品有了恰到好处的张力与活力。

东丽中学家属院唯一公厕为“迎检”被街道强拆，居民“内急”成难题

作品信息

作品类型：一等奖·广播消息
刊播单位：天津海河传媒中心（天津新闻广播）
报送单位：天津市新闻工作者协会
作　　者：马晓萌、刘倩
编　　辑：谢百勤、王栋
作品时长：3分56秒
刊播栏目：《新闻第一报》
首发日期：2020年6月19日

作品简介

此篇报道采取明察暗访的采访方式，多方取证，真实记录了公厕被强拆的前因后果。报道播出后，公厕在一天内就恢复了原状，百姓如厕难问题得到解决。该新闻热线集中受理了一批群众反映的有关部门不作为、不担当的问题。

获奖理由

党的十八大以来，习近平总书记就坚决整治形式主义、官僚主义发表一系列重要讲话，作出一系列重要指示批示，强调“以人民为中心”。此篇报道揭露了相关部门的形式主义、官僚主义问题，发挥了主流媒体舆论监督的作用。

新媒体展示

使用手机扫描下方二维码，即可观看本条获奖作品的新媒体展示。

守住农业"芯片"，端牢中国饭碗

作品信息

作品类型：一等奖 · 广播评论
刊播单位：黑龙江广播电视台
报送单位：黑龙江省新闻工作者协会
作　　者：王静雅、丛志成、牟维宁、王伟
编　　辑：丛志成
作品时长：11 分 16 秒
刊播栏目：黑龙江新闻广播《这里是黑龙江》
首发日期：2020 年 12 月 31 日

作品简介

2020 年末，中央经济工作会议把"解决好种子和耕地问题"列为经济工作八大重点之一。记者第一时间采访权威专家、种业企业、农技人员，对中国种业发展问题给予了深度关注，一场轰轰烈烈的种业翻身仗在龙江大地打响。

新媒体展示

使用手机扫描下方二维码，即可观看本条获奖作品的新媒体展示。

获奖理由

作品以高度的社会责任感、前瞻性思维与敏锐的分析力，对种业危机危在何处、种业变局路在何方等焦点问题进行了深入剖析。评论立足国际视野、全国视角、龙江实践，分析透彻，发人深省，很有启示意义。

水漫河堤、防汛一级应急响应，秦淮河大堤却被挖空建高档餐厅！

作品信息

作品类型：一等奖 · 广播专题
刊播单位：中央广播电视总台
报送单位：中央广播电视总台
作　　者：任梦岩、景明
编　　辑：高岩、李宇飞、刘黎黎
作品时长：5 分 35 秒
刊播栏目：中国之声《新闻纵横》《全国新闻联播》
首发日期：2020 年 7 月 25 日

中央广播电视总台

作品简介

2020 年 7 月，南京秦淮河受汛情影响，启动防汛一级应急响应。在如此严峻的防汛形势之下，有群众反映秦淮河杨家圩大堤内部有多家违建店面可能对堤防造成隐患，记者深入现场调查采访，完成该报道。报道播出后相关责任人被问责，在水利部专家的监督下，大坝回填完毕，安全隐患被彻底清除。

获奖理由

该作品作为中国之声独家广播舆论监督报道，播出时间点及时，正值 2020 年夏季南方汛情严峻、秦淮河流域启动防汛一级应急响应之际。记者深入揭露了当地长期存在的破坏水利设施的严重问题，播出后极具社会传播效应。

新媒体展示

使用手机扫描下方二维码，即可观看本条获奖作品的新媒体展示。

复苏之路

作品信息

作品类型：一等奖 · 广播专题
刊播单位：湖北广播电视台
报送单位：湖北省新闻工作者协会
作　　者：万敏、黄乐毅、洪燕
编　　辑：黄乐毅
作品时长：16 分 4 秒
刊播栏目：FM104.6 湖北之声《万有引力》
首发日期：2020 年 6 月 29 日

湖北广播电视台
HUBEI MEDIA GROUP

作品简介

武汉“解封”后，疫后重振、复工复产成为工作的重中之重。记者精心选取武汉服务业里几个中小微企业主为样本，记录他们复苏路上的痛苦、彷徨、奋斗和创新，为“英雄的城市、英雄的人民”注入新的内涵，发挥了党媒的舆论引导作用。

新媒体展示

使用手机扫描下方二维码，即可观看本条获奖作品的新媒体展示。

获奖理由

作品通过真实的记录、细致的调查、敏锐的观察和深邃的思辨记录个体的复苏之路，而他们的困境、抗争和创新，也是湖北人民疫后重振的顽强精神的真实写照。这是一则难得的采访深入、精心锤炼的声音作品。

瀚海追梦　留住绿洲

作品信息

作品类型：一等奖·广播专题
刊播单位：甘肃省广播电视总台
报送单位：西北大学新闻传播学院
作　　者：燕小康
编　　辑：燕小康
作品时长：9分46秒
刊播栏目：甘肃新闻综合广播《今日观察》
首发日期：2020年7月15日

作品简介

作品对治沙“新生代”做了全新呈现，他们在埋头苦干中实现抱负，在拼搏奋斗中体现价值，在艰苦创业中勇闯新路，已成为新一代治沙人的精神动力。他们致力于构建人与自然生命共同体，摸索出新型生态建设和产业化发展之路。

获奖理由

该作品紧贴新时代脉动，以“治沙不治穷，到头一场空”为切入点，凸显了新闻价值。作品沿着这一脉络，生动呈现细节、事例，强调人、事件与环境的关系。作品在展现生态文明建设成果的同时也体现出鲜明的新时代特点。

新媒体展示

使用手机扫描下方二维码，即可观看本条获奖作品的新媒体展示。

从十八洞村到沙洲村

作品信息

作品类型：一等奖·广播新闻访谈节目
刊播单位：湖南广播电视台
报送单位：中国广播电视社会组织联合会
作　　者：何良璋、钟启华、阳玲、刘艳红、周眉
编　　辑：牛嵩峰、何良璋
作品时长：42 分 57 秒
刊播栏目：《热点今日谈》
首发日期：2020 年 12 月 30 日

作品简介

该作品通过回望湖南两个小村庄的脱贫巨变，呈现两大战略的生动实践与奋斗历程，探讨乡村振兴路径，践行习近平总书记提出的“脱贫摘帽不是终点，而是新生活、新奋斗的起点”精神。

新媒体展示

使用手机扫描下方二维码，即可观看本条获奖作品的新媒体展示。

获奖理由

该作品选择这两个具有典型意义的湖南小村庄的代表人物为新闻访谈对象，主题突出、立意深远，对于推进脱贫攻坚和乡村振兴有效衔接，实现全面乡村振兴具有提振信心、凝聚力量的鼓舞与激励作用。

我们在一起
——直击武汉紧急关闭离汉通道

作品信息

作品类型：一等奖·广播新闻现场直播
刊播单位：湖北广播电视台
报送单位：中国广播电视社会组织联合会
作　　者：集体
编　　辑：洪燕、梁延、刘开莫
作品时长：1 时 13 分 46 秒
刊播频道：湖北之声 FM104.6
首发日期：2020 年 1 月 23 日

湖北广播电视台
HUBEI MEDIA GROUP

作品简介

该作品是唯一一场全景记录武汉关闭离汉通道、停运公共交通的新闻直播，作品积极引导舆论，为抗击新冠肺炎疫情凝聚人心、增强信心营造了良好的舆论氛围，充分发挥了主流媒体强信心、暖人心、聚民心的作用。

获奖理由

作品体现出主流媒体在事关人民群众安危的重大突发事件中的责任与担当，多个融媒体平台的同步直播也使广大武汉市民乃至湖北人民、全国人民参与到节目的互动之中，描绘了一幅全民齐心、同舟共济抗击疫情的画卷。

新媒体展示

使用手机扫描下方二维码，即可观看本条获奖作品的新媒体展示。

2020 年 1 月 26 日《“战疫情”特别报道》

作品信息

作品类型：一等奖 · 广播新闻节目编排
刊播单位：中央广播电视总台
报送单位：中国广播电视社会组织联合会
作　　者：集体
编　　辑：集体
作品时长：1 时 1 分
刊播频道：中国之声
首发日期：2020 年 1 月 26 日

作品简介

作品以国新办新闻发布会和武汉市委常委会两场会议为开头，发布听众最关心的权威疫情报告，充分回应社会关切，凝聚了抗疫共识，构建起抗击疫情的强大社会合力，极大地鼓舞了全社会抗击疫情的信心和决心。

新媒体展示

使用手机扫描下方二维码，即可观看本条获奖作品的新媒体展示。

获奖理由

作品内容点面结合、主题明确、内容丰富，兼具引导性、服务性和可听性，第一时间用权威且亲临现场的报道疏导全国人民的情绪，充分体现了中央级媒体在疫情面前不缺位、不失语的报道姿态。

陈立群的最后一次家访：即使拄着拐杖也要来关心台江的教育

作品信息

作品类型：一等奖·电视消息
刊播单位：浙江卫视
报送单位：中国社会科学院新闻与传播研究所
作　　者：杨川源、孙汉辰、王西、王鑫、叶欢娜
编　　辑：陶兆龙、邵一平、周文
作品时长：3分50秒
刊播栏目：《正午播报》
首发日期：2020年8月24日

作品简介

作品记录了来自浙江的支教校长陈立群，为提升贵州台江民族中学教学质量呕心沥血的感人事迹，呼吁国家建立更为完善的基层教育体系和制度保障，让陈立群式的教育扶贫典型实现了从“故事”到“模式”再到“成效”。

获奖理由

作品用事实印证了我国东西部协作扶贫机制的伟大意义，在宣传典型人物的同时，也引发社会各界对教育扶贫的深入思考，用事实印证了“扶贫先扶志，扶贫必扶智”在决胜脱贫攻坚奔小康路上的重要意义和深远影响。

新媒体展示

使用手机扫描下方二维码，即可观看本条获奖作品的新媒体展示。

吉林首次遭遇台风三连击“梨树模式”扛住了

作品信息

作品类型：一等奖 · 电视消息
刊播单位：吉林广播电视台
报送单位：吉林省新闻工作者协会
作　　者：薄凯文、吴晓昕、张傲然、毕可佳、李永飞
编　　辑：于飞、许南
作品时长：3 分 57 秒
刊播栏目：《吉林新闻联播》
首发日期：2020 年 10 月 24 日

吉林广播电视台
JILIN RADIO AND TELEVISION STATION

作品简介

作品生动呈现了吉林为黑土地加“油”、守护好黑土地这个绿色发展的最大“本钱”所作出的努力，播出后引发广泛关注，农安、德惠等全国产粮大县纷纷以“梨树模式”为范本，因地制宜地推出适合本地的黑土地保护模式。

新媒体展示

使用手机扫描下方二维码，即可观看本条获奖作品的新媒体展示。

获奖理由

作品立足全国视角，并通过吉林一号卫星查看台风过境后玉米倒伏情况，使得新闻的视角更加独特、宏大。作品精准把握对比，同期声简短、精彩、自然，做到了表达更通俗、逻辑更清晰、包装更精彩、对比更直观、画面更好看。

金银潭实拍 80 天

作品信息

作品类型：一等奖·电视新闻专题
刊播单位：湖北广播电视台
报送单位：湖北省新闻工作者协会
作　　者：集体
编　　辑：集体
作品时长：1 时 13 分 20 秒
刊播频道：湖北卫视
首发日期：2020 年 9 月 16 日

作品简介

《金银潭实拍 80 天》不放大悲情、不消费苦难，既有客观记录，也有主观表达，真实而深刻地展现了在新冠肺炎疫情这个重大灾难面前，身处疫情旋涡中的每一个渺小个体的爱与痛、得与失、怅惘与期望。

获奖理由

作品以历史大事件背景下个人命运多维度呈现的影片结构，真情记录疫情“暴风眼”金银潭医院“抗疫援鄂”“生死一线”“拥抱新生”的大小故事，讲述了五位病患对生命的渴望、与命运的抗争，映照出纷繁复杂世界背后的纯真人性。

新媒体展示

使用手机扫描下方二维码，即可观看本条获奖作品的新媒体展示。

生命缘·永生

作品信息

作品类型：一等奖·电视新闻专题
刊播单位：北京广播电视台
报送单位：北京市新闻工作者协会
作　　者：徐滔、邵晶、李潇、刘旐、侯雷钢、张杰、肖远洁
编　　辑：邵晶、刘旐、石璐娃
作品时长：37 分
刊播栏目：北京卫视《生命缘》
首发日期：2020 年 4 月 12 日

作品简介

《生命缘·永生》是“生命缘”疫情特别报道的代表作。片中独家记录并首度公开 ECMO 救治全过程，首次记录疫情中患者遗体捐献全过程，首次记录重症患者听到亲人呼唤后醒来的奇迹。

新媒体展示

使用手机扫描下方二维码，即可观看本条获奖作品的新媒体展示。

获奖理由

该片以客观、冷静的独家视角探究疫情发生后最真实的答案，在抚慰伤痛、歌颂奉献的同时，也树立了战胜疾病的信念，给出关于生命的启示，让人们在泪水与欢笑间领悟“人不能永生，但爱可以”的真谛。

闽宁纪事

作品信息

作品类型：一等奖 · 电视新闻专题
刊播单位：福建省广播影视集团
报送单位：福建省新闻工作者协会
作　　者：覃晓清、邹琦逊、洪炜、吴晨、唐龙敬、游丁琳
编　　辑：洪炜、吴晨、唐龙敬
作品时长：60 分
刊播频道：东南卫视
首发日期：2020 年 12 月 30 日

福建省广播影视集团
FUJIAN MEDIA GROUP

作品简介

2020 年是我国决战决胜脱贫攻坚之年，《闽宁纪事》就是一部反映闽宁对口扶贫协作 24 载奋斗历程的纪录片。《闽宁纪事》以“搬得出、稳得住、能致富”为主线，采用多视角叙事方式，巧妙地将闽宁人的山海情融入故事中。

获奖理由

本片题材重大、立意高远、内容丰富、叙事清晰、重点突出，片中所选取的人物有代表性、情节有承载力、故事有感染力，生动体现了 24 年来闽宁对口扶贫协作的意义与成果。

新媒体展示

使用手机扫描下方二维码，即可观看本条获奖作品的新媒体展示。

百亿大和解

作品信息

作品类型：一等奖 · 电视新闻专题
刊播单位：山东广播电视台
报送单位：山东广播电视台
作　　者：王兴涛、宋小龙、韩信、原宝国、毛馨
编　　辑：原宝国、韩信
作品时长：15 分 25 秒
刊播频道：山东电视台公共频道
首发日期：2020 年 12 月 29 日

作品简介

《百亿大和解》选取西王这一典型案例，回应社会关切，提振市场信心。创作者以小见大、深入沟通、深度挖掘，克服多重障碍，制作完成该电视专题片。

新媒体展示

使用手机扫描下方二维码，即可观看本条获奖作品的新媒体展示。

获奖理由

作品选题意义重大，采制水平高。该片采用调查式、记录式手法，从关键人物入手，用冲突悬念推进，以真实细节呈现，故事跌宕起伏，给观众留下深刻印象，对于国内司法和解程序的广泛使用及相关机制的进一步完善具有重要意义。

雄　关

作品信息

作品类型：一等奖·电视新闻专题
刊播单位：河南广播电视台
报送单位：河南省新闻工作者协会
作　　者：集体
编　　辑：集体
作品时长：29 分 31 秒
刊播频道：卫星频道特别节目
首发日期：2020 年 5 月 11 日

河南广播电视台

作品简介

新冠肺炎疫情抗击战伊始，创作团队就精心策划，组织多路记者深入一线采访，生动记录抗疫战场上的感人故事，凝练主题观点，全景勾画中原儿女抗疫斗争图鉴，深刻解读蕴含其中的思想价值。

获奖理由

系列片《雄关》站位高、思想性强、视野宽广，播出推送及时，时效性强，对河南抗疫及与湖北守望相助、共克时艰的历史画卷进行全景式、立体化的深入解读，用小故事反映大时代，以小人物折射大精神。

新媒体展示

使用手机扫描下方二维码，即可观看本条获奖作品的新媒体展示。

新型冠状病毒肺炎，情况如何？

白岩松专访国家卫健委高级别专家组组长钟南山

作品信息

作品类型：一等奖 · 电视新闻访谈节目
刊播单位：中央广播电视总台
报送单位：中国广播电视社会组织联合会
作　　者：集体
编　　辑：集体
作品时长：15 分 39 秒
刊播栏目：《新闻 1+1》
首发日期：2020 年 1 月 20 日

CMG 中央广播电视总台

作品简介

作为中央广播电视总台的品牌栏目，1 月 20 日，《新闻 1+1》连线专访刚刚从武汉到达北京的国家卫健委高级别专家组组长钟南山，针对社会各界最关切的问题，第一时间发出权威声音，解答公众疑问。

新媒体展示

使用手机扫描下方二维码，即可观看本条获奖作品的新媒体展示。

获奖理由

探寻事实真相、回应公众关切，同时，尊重科学并积极与政府部门进行有效合作，使得这期节目的新闻有硬度、策划有速度、问答够权威、传播有广度，也使整个栏目的传播力、影响力、公信力得到空前的提升。

中国“奋斗者”号载人潜水器万米级海试

作品信息

作品类型：一等奖·电视新闻现场直播
刊播单位：中央广播电视总台
报送单位：中国广播电视社会组织联合会
作　　者：集体
编　　辑：集体
作品时长：34 分 17 秒
刊播栏目：《新闻直播间》
首发日期：2020 年 11 月 13 日

CMG 中央广播电视总台

作品简介

中央广播电视总台全球独家直播了中国“奋斗者”号载人潜水器万米级海试这一盛况，其幕后支撑是总台深度参与国家“十三五”规划深海专项，并牵头其中的“全海深视频采集传输处理技术研发”项目，历时五年成功研制出万米深海 4K 高清视频直播系统。

获奖理由

该直播将中国潜水器探底马沟的瞬间、潜航员探出观察窗口的面部特写、潜航员第一次成功与北京演播室实现视频对话连线等经典画面和段落，都真实地呈现给亿万观众。

新媒体展示

使用手机扫描下方二维码，即可观看本条获奖作品的新媒体展示。

2020 年 4 月 8 日《晚间新闻》

作品信息

作品类型：一等奖 · 电视新闻节目编排
刊播单位：中央广播电视总台
报送单位：中国广播电视社会组织联合会
作　　者：集体
编　　辑：集体
作品时长：30 分
刊播栏目：《晚间新闻》
首发日期：2020 年 4 月 8 日

作品简介

4 月 8 日，武汉离汉通道管控解除第一天，中央政治局常委会会议首次提出“常态化疫情防控”新要求，中国疫情防控进入新阶段。《晚间新闻》抓住这一重大历史节点进行特别编排，生动展现中国抗疫重大阶段性成果。

新媒体展示

使用手机扫描下方二维码，即可观看本条获奖作品的新媒体展示。

获奖理由

报道没有仅停留在武汉市抗疫层面，而是以更高的站位对整个节目进行谋篇布局，体现了以习近平同志为核心的党中央的高瞻远瞩，以及抗疫历程的艰苦卓绝，多维度、立体化地展现了中国的抗疫图景。

为了和平，为了胜利

作品信息

作品类型：一等奖 · 网络新闻专题
刊播单位：中国军网
报送单位：中央网信办网络新闻信息传播局
作　　者：于雅倩、马嘉隆、杜汶纹、叶梦圆、
　　　　　杨红、潘明明、万卓成
编　　辑：杜汶纹
首发日期：2020 年 10 月 16 日

作品简介

专题《为了和平，为了胜利》突出“和平”与“胜利”两个主题词，一方面以战史、战例、战将为抓手，讲好抗美援朝故事；另一方面，以老兵、英模部队的故事为切入点，以个体和微观的双重角度展现抗美援朝精神的传承。

获奖理由

该专题紧扣“和平”与“胜利”两个主题词，推出系列报道、网评、海报、H5 等多种形式的作品，从个体和微观的双重角度展现抗美援朝精神的薪火相传，引起网民广泛关注，取得较好的传播效果。

新媒体展示

使用手机扫描下方二维码，即可观看本条获奖作品的新媒体展示。

村里最远那一户

作品信息

作品类型：一等奖 · 网络新闻专题
刊播单位：华声在线
报送单位：中央网信办网络新闻信息传播局
作　　者：集体
编　　辑：颜斌、盛伟山
首发日期：2020 年 10 月 17 日

作品简介

在 10 月 17 日国家“扶贫日”这一天，华声在线推出大型融媒体专题《村里最远那一户》。专题以宣传视频作为开机页，并大量运用高清大图和多种动画交互效果，视觉冲击力强。

新媒体展示

使用手机扫描下方二维码，即可观看本条获奖作品的新媒体展示。

获奖理由

该专题从湖南 14 个市州各选一个村，聚焦每个村最远的那一户。专题不仅视角独特，且内容丰富，以文、图、视等全媒体素材全景呈现最基层的真实情况，这样的报道才有生命力、说服力、影响力。

大河奔流
——黄河流域生态保护和高质量发展

作品信息

作品类型：一等奖 · 页(界)面设计
刊播单位：新华网
报送单位：中央网信办网络新闻信息传播局
作　　者：集体
编　　辑：集体
首发日期：2020 年 9 月 18 日

作品简介

为直观呈现母亲河，新华网创新打造出融知识化、沉浸式与交互性于一体的系列富媒体产品。产品综合运用竖屏互动视频、VR 全景、3D 模拟、媒体大脑 MAGIC 视频、手绘长图、卫星数据等富媒体形态，展开“述说”。

获奖理由

该产品页面设计恢宏大气、内容丰富、角度多样、画面流畅，将新技术与内容有机结合，处处有亮点，常常有新意，是新闻媒体推动 5G 富媒体产品与新闻报道融合并向纵深发展的新尝试。

新媒体展示

使用手机扫描下方二维码，即可观看本条获奖作品的新媒体展示。

游客："彭麻麻呢？"

作品信息

作品类型：一等奖·短视频现场新闻
刊播单位：央视新闻客户端
报送单位：中华全国新闻工作者协会新媒体专业委员会
作　　者：申勇、王哈男、张晓鹏、程爱华
编　　辑：史伟、邢彬、李铮
刊播平台：央视新闻客户端
首发日期：2020 年 9 月 18 日

作品简介

现场空间狭小又事发突然，在这种复杂的环境中，总台时政记者敏锐反应，全程捕捉，既抓拍到问问题的游客，又捕捉到总书记的妙语和表情，现场声音清晰干净。编辑在制作时以最真实的视角还原现场，留给受众回味的空间。

新媒体展示

使用手机扫描下方二维码，即可观看本条获奖作品的新媒体展示。

获奖理由

记者在短短 23 秒的时间中，全程、清晰记录下游客偶遇习近平总书记时的一段对话，既抓拍到打招呼的游客，又捕捉到总书记的妙语和表情，现场感、节奏感非常强，一问一答中有趣、有爱、有温度。

独家航拍！直击水龙与火龙艰苦拉锯

作品信息

作品类型：一等奖 · 短视频现场新闻
刊播单位：川观新闻客户端
报送单位：中华全国新闻工作者协会新媒体专业委员会
作　　者：王云、袁敏
编　　辑：李蕾、孙琪
刊播平台：川观新闻客户端
首发日期：2020 年 4 月 2 日

作品简介

4 月 1 日晚 19 时许，四川凉山州西昌泸山突发山火。记者克服现场秩序混乱、浓烟滚滚等重重困难，跟随救援队伍转战火场，运用无人机航拍、手持相机拍摄等方式，在全国媒体中首发独家视频新闻。

获奖理由

作品通过无人机航拍展现了火龙、水龙交战全貌。此外，手持设备拍摄的画面展示了救援的生动细节，及时传递了火灾核心现场的最新情况，客观呈现了火灾救援的进展，对稳定民心、抑制谣言传播起到了重要作用。

新媒体展示

使用手机扫描下方二维码，即可观看本条获奖作品的新媒体展示。

无胆英雄张伯礼

作品信息

作品类型：一等奖 · 短视频专题报道
刊播单位：天津津云新媒体集团
报送单位：中华全国新闻工作者协会新媒体专业委员会
作　　者：刘雁军、齐竞竹、闫征、许浩、潘德军、刘浩
编　　辑：苗超、吴兴
刊播平台：津云客户端
首发日期：2020 年 4 月 2 日

作品简介

为了全面展现中国工程院院士张伯礼武汉抗疫过程中的点滴瞬间，津云新媒体采访了 10 位张伯礼院士的“身边人”，从不同的角度呈现这位年过古稀的老人在抗疫期间的拳拳赤子心。

新媒体展示

使用手机扫描下方二维码，即可观看本条获奖作品的新媒体展示。

获奖理由

津云新媒体利用自己的“主场优势”，采访了 10 位张伯礼院士的“身边人”。采访扎实，挖掘深入，于细微处见真章。作品通篇没有画外音解说，只有受访者的声画，通过摘胆战疫等名画面，讲述幕后故事。

老外看小康中国

作品信息

作品类型：一等奖·短视频专题报道
刊播单位：中国日报网
报送单位：暨南大学新闻与传播学院
作　　者：张霄、葛天琳、刘浩、刘玄
编　　辑：柯荣谊、张若琼、何娜
作品时长：7 分 52 秒
刊播平台：中国日报网
首发日期：2020 年 8 月 7 日

作品简介

该片通过三个典型故事类比阐明“全面小康是什么”“为什么要兼顾不同领域及地区的协调发展”“从总体小康到全面小康发展有什么差别”等问题，运用“寓言故事”的讲述方式，探索出一种主旋律外宣的新语态。

获奖理由

该片通过宏大的全球视野来展现中国全面小康的世界意义，在内容层面深入浅出，既有微观生动的基层故事，又有宏观全面的系统观察，同时灵活运用了多种视听手段，创新了主旋律纪录片的创作手法。

新媒体展示

使用手机扫描下方二维码，即可观看本条获奖作品的新媒体展示。

巅峰见证
——2020 珠峰高程登顶测量

作品信息

作品类型：一等奖 · 移动直播
刊播单位：新华社客户端
报送单位：中华全国新闻工作者协会新媒体专业委员会
作　　者：集体
编　　辑：集体
作品时长：48 分
刊播平台：新华社客户端
首发日期：2020 年 5 月 27 日

作品简介

新华社直播团队周密策划、精准设计珠峰登顶直播全程，合理安排峰顶直播时段，实现了中国新闻史上的一次突破。新华社成为全球首家在珠峰峰顶完成 5G＋4K＋VR 直播的媒体。

新媒体展示

使用手机扫描下方二维码，即可观看本条获奖作品的新媒体展示。

获奖理由

作品首次实现珠峰高海拔 5 个营地的影像采集，独家完成多形态视频直播，以全息影像方式立体、全景呈现珠峰攀登之路，实现了重大主题融合报道策划组织、新技术应用和多形态同步直播等多方面的创新。

一张照片背后的这七年

作品信息

作品类型：一等奖 · 创意互动
刊播单位：芒果云客户端
报送单位：中华全国新闻工作者协会新媒体专业委员会
作　　者：龚政文、徐蓉、刘安戈、牟鹏民、代俊娇、高睿、刘梓涵、潘璐
编　　辑：汤牧、魏笑凡、钟泽华
刊播平台：芒果云客户端
首发日期：2020 年 11 月 3 日

作品简介

作品从 2013 年习近平总书记到十八洞村与村民座谈提出“精准扶贫”重要论述时，现场所拍的一张照片出发，深入寻访照片中的十几位村民，记录他们七年里的生活变迁，多角度、全方位地展现了十八洞村七年来发生的巨大变化。

获奖理由

创作团队从习近平总书记与湘西十八洞村村民的一张合影切入，通过 40 张照片、12 个故事和 1 个短视频，全方位展现了十八洞村发生的翻天覆地的变化。作品细节丰富、饱含感情，H5 的创意互动形式简明清晰、体验流畅。

新媒体展示

使用手机扫描下方二维码，即可观看本条获奖作品的新媒体展示。

听 · 见小康

作品信息

作品类型：一等奖 · 融合创新
刊播单位：交汇点新闻客户端
报送单位：中华全国新闻工作者协会新媒体专业委员会
作　　者：集体
编　　辑：双传学、顾雷鸣、李扬
刊播平台：交汇点新闻客户端
首发日期：2020 年 12 月 31 日

作品简介

H5 作品《听 · 见小康》紧扣“听”“见”“融”三字，呈现了丰富的视听内容，记录了全面小康建设的生动历程，创造性落实了中宣部“记录小康工程”的相关工作要求。创作者贯彻总书记重要指示精神，以新形式打造融合创新示范作品。

新媒体展示

使用手机扫描下方二维码，即可观看本条获奖作品的新媒体展示。

获奖理由

作品以江苏省记录全面小康建设和对口帮扶工作的大型全媒体采访行动成果为依托，创新集纳 60 多个小康故事，记录百姓真实可感的小康生活。作品通过 H5 充分融合音频、视频和图文形式，界面设计简洁清晰、交互性好，整体特色鲜明。

“最美逆行者”系列融媒报道

作品信息

作品类型：一等奖 · 融合创新
刊播单位：南方都市报社
报送单位：暨南大学新闻与传播学院
作　　者：梅志清、戎明昌、王海军、刘军、钟锐钧、裘萍、陈伟斌、李阳
编　　辑：胡群芳、江英、关健明
刊播平台：南方都市报 App
首发日期：2020 年 2 月 20 日

作品简介

《南方都市报》摄影记者蹲守汉口医院隔离病房，抢拍出最早一批前方医护人员的肖像特写照片，口罩和护目镜留下的印痕直抵人心。在此基础上，创作团队设计制作了一组极具视觉冲击力和感染力的海报，并将其命名为“最美逆行者”。

获奖理由

“最美逆行者”系列融媒报道创造性地以“线上全媒体、线下多场景”的传播形式，弘扬主旋律，唱响正气歌，打造出体现主流价值观的现象级传播爆款，实现了内容产品的多样化展示、多介质推送、多元化传播。

新媒体展示

使用手机扫描下方二维码，即可观看本条获奖作品的新媒体展示。

学习评论

作品信息

作品类型：一等奖·新闻名专栏
刊播单位：学习时报社
报送单位：中国报纸副刊研究会
作　　者：许宝健、胡敏、熊若愚、蒲实
编　　辑：集体
刊播版面：1 版
创办日期：2016 年 9 月 15 日

學習時報

作品简介

该栏目深切关注当代社会大变革中的重大理论与现实问题，围绕党的创新理论、习近平新时代中国特色社会主义思想、国内国际时事、热点焦点问题等设置选题、阐发议论，视角宏大独特，论述深入透彻，文风清新朴实。

新媒体展示

使用手机扫描下方二维码，即可观看本条获奖作品的新媒体展示。

获奖理由

该栏目始终关注理论传播，聚焦创新理论，追求卓越品质，努力构筑《学习时报》的评论高地；积极引导舆论，推动国家建设、行业发展和社会进步；践行融合发展理念，推动栏目全媒体转型，受到广大读者的广泛好评。

长城瞭望

作品信息

作品类型：一等奖 · 新闻名专栏
刊播单位：解放军报社
报送单位：中国报纸副刊研究会
作　　者：辛士红、桑林峰、孙阳、李秦卫、张顺亮
编　　辑：陈晓杰、韩炜、夏云龙
刊播版面：6 版
创办日期：2012 年 12 月 12 日

作品简介

栏目文章选题重大，立意独特，深入浅出；观点权威，紧跟党、国家、军队改革发展进程，及时回应热点难点焦点问题；注重策划，针对某一话题，选择不同侧面，坚持深度挖掘，形成体系效应。

获奖理由

《解放军报》"八一评论"专版每期都刊登该栏目。该栏目刊发的文章语言鲜活，观点新颖，篇篇精品，已成为《解放军报》的拳头产品。

新媒体展示

使用手机扫描下方二维码，即可观看本条获奖作品的新媒体展示。

深　读

作品信息

作品类型：一等奖·新闻名专栏
刊播单位：浙江日报社
报送单位：中国报纸副刊研究会
作　　者：集体
编　　辑：集体
刊播版面：新闻版
创办日期：2019 年 1 月 2 日

作品简介

该专栏是《浙江日报》学习贯彻习近平总书记关于新闻舆论工作的重要论述，在新一轮改版中应对互联网时代传播格局的深刻变化，坚持内容为本，依托传统媒体深度报道、精品生产优势，扬长避短，推进媒体深度融合的产物。

新媒体展示

使用手机扫描下方二维码，即可观看本条获奖作品的新媒体展示。

获奖理由

《深读》专栏创办两年多来，坚持“精品”理念，力求篇篇题材新、挖掘深、采写透。在快阅读、浅阅读流行的当下，该专栏发挥党报深度报道优势，以深度解析和深邃思想，通过全媒体传播形态，占领互联网舆论高地。

思想纵横

作品信息

作品类型：一等奖·新闻名专栏
刊播单位：人民日报社
报送单位：中国报纸副刊研究会
作　　者：集体
编　　辑：集体
刊播版面：理论版
创办日期：1990 年 7 月 6 日

人民日报

作品简介

栏目文章密切关注思想动态、理论前沿、舆论热点，紧紧围绕党中央关切、干部群众关注的时政热点问题，从不同角度进行阐释、解读、探讨，旨在让理论贴近人们的思想和工作实际，推动党的创新理论“飞入寻常百姓家”。

获奖理由

该栏目刊发的文章站位高、选题准、思想性强、作者权威广泛、时效性强，文章传播覆盖广、全媒体传播效果好，为广大干部群众了解时政大事、把握主流观点、深入理解党和国家大政方针与社会热点问题提供了有益指导。

新媒体展示

使用手机扫描下方二维码，即可观看本条获奖作品的新媒体展示。

FM 十万个为什么

作品信息

作品类型：一等奖 · 新闻名专栏
刊播单位：上海广播电视台
报送单位：中国广播电视社会组织联合会
作　　者：龙敏、傅昇宗、叶欣辰、乐祺、郑子凌
编　　辑：袁林辉、李军、张明霞
刊播频道：上海新闻广播
创办日期：2017 年 3 月 1 日

RTS
上海广播电视台
RADIO AND TELEVISION SHANGHAI

作品简介

栏目以热点科学新闻事件的传播和阐释为基本内容框架，以普及科学知识、推进“有全球影响力的科创中心”建设为思想性追求，以立足上海、辐射长三角为受众传播范围，目前已成为世界顶尖科学家论坛的媒体合作平台。

新媒体展示

使用手机扫描下方二维码，即可观看本条获奖作品的新媒体展示。

获奖理由

在保证科学解读权威性的同时，节目组将有难度的学术语言转化为广大人民群众喜闻乐见的话语形式，激发人民群众对科技的兴趣，营造全民爱科学、学科学、谈科学的良好氛围，显示出节目的生动性。

成峰观点

作品信息

作品类型：一等奖 · 新闻名专栏
刊播单位：广东广播电视台
报送单位：中国广播电视社会组织联合会
作　　者：部国欣、牛日成、金亮、钱宇帆、徐浩、谭海墨
编　　辑：牛日成、陈炯
刊播频道：广东新闻广播
创办日期：2019 年 1 月 1 日

广东广播电视台

作品简介

《成峰观点》为原创的、常态化播出的广播时评专栏，由广东广播电视台广播新闻中心评论团队主创，每周一至周五上午 8:10 在广东新闻广播频率播出，每期 8 分钟左右。栏目定位为“发出本台声音”的广播时评主阵地。

获奖理由

栏目选题紧扣热点，评论有纵深度，个性突出，说服力和可听性较强。栏目采用“主笔＋主播”的特别方式，坚持原创，坚持突出音频素材运用的广播特色，是广播时评栏目形式创新的有益探索。

新媒体展示

使用手机扫描下方二维码，即可观看本条获奖作品的新媒体展示。

国家记忆

作品信息

作品类型：一等奖 · 新闻名专栏
刊播单位：中央广播电视总台（央视）
报送单位：中国广播电视社会组织联合会
作　　者：集体
编　　辑：集体
刊播频道：CCTV－4
创办日期：2017 年 4 月 4 日

CCTV
中国中央电视台

作品简介

节目以“为国家留史、为民族留记、为人物立传”为宗旨，主要讲述中国共产党奋斗史、新中国飞跃史、改革开放进程史、中国特色社会主义发展史，引导社会大众和青少年知史爱党、知史爱国，厚植爱国情怀，培养浩然正气。

新媒体展示

使用手机扫描下方二维码，即可观看本条获奖作品的新媒体展示。

获奖理由

栏目围绕党和人民在各历史时期奋斗中形成的伟大精神，把握时代脉搏，营造了增信释疑、凝心聚力的舆论氛围。节目立意深远、历史叙事宏大、板块设计精巧、逻辑构思严谨，唤醒了国家的记忆，唱响了时代主旋律。

问政山东

作品信息

作品类型：一等奖·新闻名专栏
刊播单位：山东广播电视台
报送单位：中国广播电视社会组织联合会
作　　者：集体
编　　辑：集体
刊播频道：电视公共频道
创办日期：2019 年 3 月 3 日

作品简介

栏目聚焦党中央国务院决策部署，聚焦山东省委省政府中心工作，聚焦群众最关心最直接最现实的利益问题，邀请全省 16 市、省直各部门和中央驻鲁单位的主要负责同志参加现场问政。

获奖理由

栏目始终坚持正确政治方向和舆论导向，坚持开展建设性舆论监督，能够及时发现问题、解决问题；同时，创新搭建了网络时代全媒体舆论监督平台，得到社会各界的高度认可。

新媒体展示

使用手机扫描下方二维码，即可观看本条获奖作品的新媒体展示。

中原藏珍

作品信息

作品类型：一等奖 · 新闻名专栏
刊播单位：大河网
报送单位：中央网信办网络新闻信息传播局
作　　者：王曦辉、娄恒、韩雨松、袁伟鹏、王文析
编　　辑：娄恒、谭敏、陈梦伊
刊播平台：大河网专题频道
创办日期：2019 年 3 月 3 日

作品简介

为让博物馆文物“活起来”，真正“飞入寻常百姓家”，2019 年全国“两会”期间，大河网联合河南博物院推出视频栏目《中原藏珍》。该栏目包含主视频、《中原藏珍 · 讲述》、《中原藏珍 · 鹰蕴》系列视频，以及相关消息动态。

新媒体展示

使用手机扫描下方二维码，即可观看本条获奖作品的新媒体展示。

获奖理由

《中原藏珍》栏目以展现文物原貌品相和专家解读文物背后故事为主要传播内容，突出多媒体特色，以视频为主，结合图文形式，让人们随时随地与文物“对话”，感受珍贵文物的恒久魅力和中原文化的博大精深。

人民现场

作品信息

作品类型：一等奖 · 新闻名专栏
刊播单位：人民网
报送单位：中央网信办网络新闻信息传播局
作　　者：集体
编　　辑：陈星星、申宁、薛颂
刊播平台：人民视频
创办日期：2019 年 6 月 18 日

作品简介

《人民现场》是聚焦外交部、国台办、公安部、商务部等部门例行新闻发布会的短视频专栏，结合热点、热词，对发布会核心信息、精彩内容进行提炼，使用竖屏拍摄方式，现场制作并播出短小、精练、优质的竖屏短视频。

获奖理由

栏目定位清晰：聚焦政务新闻发布会，“会毕视频出”；表达创新：拍摄制作竖屏短视频，突出发言人鲜明的个人风格；常态运营：统一标识，每日更新，专栏呈现；多元渠道：覆盖多个社交平台，构建立体传播体系。

新媒体展示

使用手机扫描下方二维码，即可观看本条获奖作品的新媒体展示。

帮　帮

作品信息

作品类型：一等奖·新闻名专栏
刊播单位：上游新闻
报送单位：中华全国新闻工作者协会新媒体专业委员会
作　　者：刘长发、伊文、肖和坤、刘海涛、夏祥洲、周宝琴、李学东
编　　辑：集体
刊播平台：上游新闻客户端
创办日期：2019 年 5 月 20 日

作品简介

《帮帮》于 2018 年年底开始筹办，整合原《重庆晚报》《重庆晨报》《重庆商报》热线新闻团队，依托上游新闻客户端，设置“曝光台”“帮你问”“找答人”“玩社群”“城事通”等民生服务板块，通过融媒体手段搭建政民互动新桥梁。

新媒体展示

使用手机扫描下方二维码，即可观看本条获奖作品的新媒体展示。

获奖理由

《帮帮》通过融媒体手段搭建政民互动新桥梁，创新开拓了党媒与用户之间的新连接；深度参与基层社会治理，疏导网民情绪，化解基层矛盾，形成传播社会主义主流价值观和正能量的强大社会舆论场。

图图是道

作品信息

作品类型：一等奖·新闻名专栏
刊播单位：中国日报社
报送单位：中华全国新闻工作者协会新媒体专业委员会
作　　者：王晓莹、张周项
编　　辑：柯荣谊、邢志刚
刊播平台：图图是道微信公众号
创办日期：2016 年 9 月 25 日

作品简介

该栏目主创人员根据自身兴趣爱好，制作长图漫画并配以通俗风趣的文案，以特色条漫产品形式宣传习近平新时代中国特色社会主义思想，弘扬社会主义核心价值观，普及科学知识，传递正能量。

获奖理由

新闻漫画及长图是当今新媒体传播手段中比较有效的一种方式，能跨越语言的障碍，在对外传播中起到一针见血的“奇兵”效果。该专栏作品的创作设计有针对性，制作精良，风格诙谐生动，取得了较好的传播效果。

新媒体展示

使用手机扫描下方二维码，即可观看本条获奖作品的新媒体展示。

习近平领导中国战“疫”

作品信息

作品类型：一等奖 · 国际传播
刊播单位：新华通讯社
报送单位：新华通讯社
作　　者：王进业、孟娜、许林贵
编　　辑：何平、周宗敏、韩松
作品字数：11,521 字
首发日期：2020 年 9 月 7 日

作品简介

这篇在新冠肺炎疫情肆虐全球的关键时刻播发的人物特稿，全景式展示了习近平总书记指挥中国战“疫”的壮阔历程，充分展现了中国共产党将人民生命放在第一位和致力于维护人类命运共同体的担当。

新媒体展示

使用手机扫描下方二维码，即可观看本条获奖作品的新媒体展示。

获奖理由

这是国内媒体第一次就我国领导人应对重大突发公共卫生事件撰写的对外人物特稿，有力展示了总书记大党大国领袖、人民领袖和世界级领导人的形象、担当、思想风范，是一篇经得起历史考验、叫得响、留得住的精品力作。

江河情缘

(Xi's Efforts to Heal the Rivers of China)

作品信息

作品类型：一等奖·国际传播
刊播单位：人民日报社
报送单位：湖南大学新闻传播与影视艺术学院
作　　者：梁培钰、闫伊乔、余荣华、黄晶晶、朱利、孙天仁、岳小乔
编　　辑：王恬、余荣华
刊播平台：人民日报客户端
首发日期：2020 年 11 月 15 日

作品简介

《江河情缘》以习近平总书记关于长江黄河保护和高质量发展的重要讲话精神为魂，以总书记在长江、黄河沿线的考察足迹为线索，回访部分考察点和曾向总书记介绍情况的当地干部群众，记录当地在考察后发生的巨大变化。

获奖理由

该片主题重大、立意深远、画面精美、剪辑流畅、讲述生动，体现了中国共产党、中国政府和中国领导人“生态优先，绿色发展”的长远战略定位，以及为人民谋幸福、让百姓过上好日子的深切情怀与责任担当。

新媒体展示

使用手机扫描下方二维码，即可观看本条获奖作品的新媒体展示。

抗美援朝保家卫国

作品信息

作品类型：一等奖 · 国际传播
刊播单位：中央广播电视总台（央视）
报送单位：中央广播电视总台
作　　者：李欣雁、吴晟炜、周晓岚、贺亚莉、赵斌、姜黎、崔狄、崔明
编　　辑：集体
作品时长：30 分
刊播栏目：中文国际频道《国家记忆》
首发日期：2020 年 10 月 12 日

CMG
中央广播电视总台

作品简介

为纪念中国人民志愿军抗美援朝出国作战 70 周年，中央广播电视总台摄制了 20 集大型纪录片《抗美援朝保家卫国》，高度还原并全面回顾了抗美援朝战争历程，以及部分志愿军英模、战斗集体可歌可泣的英雄事迹。

新媒体展示

使用手机扫描下方二维码，即可观看本条获奖作品的新媒体展示。

获奖理由

纪录片《抗美援朝保家卫国》在当前国际国内背景下，充分利用拍摄素材和挖掘来的珍贵史料，通过国际视野和创新表达方式，对节目内容进行忠实呈现，保证了节目内容的真实性、可视性与历史厚重感。

美在南海的军事挑衅注定徒劳无功

作品信息

作品类型：一等奖·国际传播
刊播单位：解放军报社
报送单位：中央军委政治工作部宣传局
作　　者：张军社
编　　辑：李莞梅
作品字数：1277 字
首发日期：2020 年 7 月 13 日

作品简介

2020 年，中美关系受到美国错误言行的严重冲击，对美舆论斗争形势严峻。本篇文章观点正确有力、表述准确无误，揭批了美方的错误言行，表明了中方的严正态度，表达了中国军队坚决捍卫国家主权安全和维护地区和平稳定的决心意志。

获奖理由

本文观点鲜明、结构合理、论证充分，有力揭批了美国在南海问题上的错误言行，社会反响和舆论传播效果良好。

新媒体展示

使用手机扫描下方二维码，即可观看本条获奖作品的新媒体展示。

“近观中国”之“大变局·中国治”系列报道

作品信息

作品类型：一等奖·国际传播
刊播单位：中国新闻社
报送单位：中国新闻社
作　　者：张红、郭金超、张量、张蔚然、聂芝芯、梁晓辉、马学玲
编　　辑：陈陆军、王晓晖、夏宇华
作品字数：1743 字、2145 字、2142 字
首发日期：2020 年 3 月 9 日

作品简介

该系列报道围绕习近平总书记把握百年未有之大变局，实践治国理政思想的主题，以国际传播效果为导向，选取 2020 年重大事件、议题话题，通过阐释解读总书记重要思想，讲透中国理念主张，讲清中国行为逻辑，帮助外界更好地读懂中国。

新媒体展示

使用手机扫描下方二维码，即可观看本条获奖作品的新媒体展示。

获奖理由

该系列报道以国际视角、平实笔触，阐释了一年来习近平总书记关于中国道路和全球治理的重要论述，在当前语境下很好地设置了国际传播议题，具有显著的国际传播效果。

“习近平生态文明思想”系列报道

作品信息

作品类型：一等奖 · 国际传播
刊播单位：中国日报社
报送单位：中国日报社
作　　者：杨万丽、李磊、李弘扬、侯黎强、王晓东
编　　辑：朱喆、忻鼎鼎
作品字数：1431 字、1714 字、1321 字
首发日期：2020 年 8 月 10 日

作品简介

本系列报道围绕总书记提出的“山水林田湖草是生命共同体”的理念，以“山水林田湖草”为抓手，深入现场采访，发掘基层故事，用扎实详尽的数据案例，记录中国生态文明建设成就，阐释习近平生态文明思想的现实意义。

获奖理由

本系列报道以习近平生态文明思想金句为统领，创新呈现方式，是将核心领导人报道与国际传播深度融合的一次积极探索和有益实践，是重大时政题材报道的典范之作，为此后类似题材的运作积累了宝贵经验。

新媒体展示

使用手机扫描下方二维码，即可观看本条获奖作品的新媒体展示。

积极回应时代挑战
加快构建全媒体传播格局

作品信息

作品类型：一等奖・新闻论文
刊播单位：《新闻战线》杂志社
报送单位：人民日报社
作　　者：李宝善
编　　辑：王刚
作品字数：5875 字
首发日期：2020 年 9 月

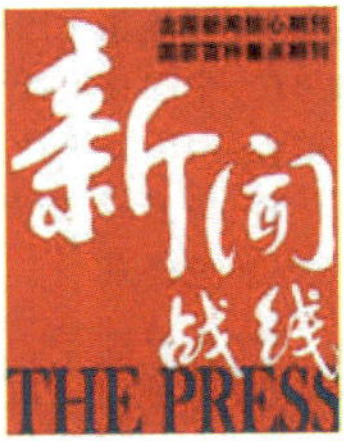

作品简介

该论文介绍了《人民日报》坚决贯彻落实习近平总书记重要讲话和重要指示精神，积极投身媒体融合发展进程，在体制机制、政策措施、流程管理、人才技术等方面加快融合步伐，已逐步形成全媒体传播格局的成果。

新媒体展示

使用手机扫描下方二维码，即可观看本条获奖作品的新媒体展示。

获奖理由

该论文既展示了《人民日报》的“融”力量和矩阵优势，也明晰了进一步推动媒体融合向纵深发展的思路和举措。文章架构立体、内容充实、论证充分，既有实践思考，也有延伸解读，为构建全媒体传播体系指明了方向。

理论自信·运用自觉·报道自如

——论以中国特色社会主义政治经济学指导新时代经济报道的重要性

作品信息

作品类型：一等奖·新闻论文
刊播单位：《中国记者》杂志社
报送单位：新华通讯社
作　　者：余孝忠、袁军宝
编　　辑：吕星
作品字数：5709 字
首发日期：2020 年 2 月

作品简介

该论文深入对比分析了不同经济理论在立场、研究目的、工具方法上的不同，在此基础上充分阐明以中国特色社会主义政治经济学指导新时代经济报道的重要性，并以万华报道主打稿件为例展开探讨。

获奖理由

该论文填补了以中国特色社会主义政治经济学指导经济报道的研究空白，在经济报道如何有效突破西方经济学分析范式的研究上具有开创意义，并对更多社会科学学科更好地坚持中国道路具有启发意义。

新媒体展示

使用手机扫描下方二维码，即可观看本条获奖作品的新媒体展示。

中国新闻奖

二等奖

复兴号奔向“未来之城”

作品信息

作品类型：二等奖·文字消息
刊播单位：《人民铁道》报业有限公司
报送单位：中国行业报协会
作　　者：李蓉
编　　辑：郭瀛潇
作品字数：900 字
首发日期：2020 年 12 月 29 日

作品简介

该篇稿件以首发车 50 分钟的车程作为时间轴，以沿线车站为空间轴，移步换景，时间、空间从容转换，现实、历史交替穿插，织就了一幅既有现场即视感，又有历史纵深感的新闻图景。

获奖理由

该篇稿件主题重大，以小切口展示大主题，立意深远；采访扎实，视角独到，文风清新；时效性强，信息量大，专业性与新闻性完美统一，传播力和权威性兼具，获得了专业界和新闻界的普遍好评。

新媒体展示

使用手机扫描下方二维码，即可观看本条获奖作品的新媒体展示。

除夕夜，陆海空三军军医大学医疗队紧急出征驰援武汉

作品信息

作品类型：二等奖 · 文字消息
刊播单位：中国军网
报送单位：中央网信办网络新闻信息传播局
作　　者：宋明亮、李东航、柳刚、任旭
编　　辑：孙智英、魏兵
作品字数：780 字
首发日期：2020 年 1 月 25 日

作品简介

1 月 24 日晚，经中央军委批准，解放军派出 3 支医疗队共 450 人分别从上海、重庆、西安三地乘坐军机出发，奔赴武汉。中国军网在当晚第一时间报道了我军医疗队搭乘军用运输机连夜出征的情景。

新媒体展示

使用手机扫描下方二维码，即可观看本条获奖作品的新媒体展示。

获奖理由

该作品聚焦突发新闻事件，发挥网络媒体平台聚合优势，通过撰写文字消息，并搭配图片、短视频等，第一时间传递了全国军民共同抗击新冠肺炎疫情的巨大信心和正能量，获得了良好的全媒体传播效果。

我国所有贫困县全部脱贫

作品信息

作品类型：二等奖 · 文字消息
刊播单位：新华通讯社
报送单位：新华通讯社
作　　者：侯雪静
编　　辑：赵承、王曙晖、冷彦彦
作品字数：567 字
首发日期：2020 年 11 月 23 日

作品简介

这是脱贫攻坚战取得全面胜利前夕播发的一则重磅消息。在贫困县纷纷宣布脱贫之际，新华社充分论证，抓住最后一个贫困县宣布脱贫的重要窗口期，第一时间发出消息，忠实记录我国创造的彪炳史册的人间奇迹的历史进程。

获奖理由

该作品是新华社报道我国脱贫攻坚伟大历程的消息中的标志之作。稿件立意高远、格局宏阔，以最凝练的语言忠实记录我国脱贫攻坚战的重要历史时刻，兼顾了权威性、时效性、可读性和贴近性。

新媒体展示

使用手机扫描下方二维码，即可观看本条获奖作品的新媒体展示。

推出“好差评”，所有实名差评均已回访整改
上海“一网通办”迈向“一网好办”

作品信息

作品类型：二等奖 · 文字消息
刊播单位：人民日报社
报送单位：人民日报社
作　　者：刘士安、谢卫群
编　　辑：费伟伟、杨彦、宋飞
作品字数：845 字
首发日期：2020 年 4 月 12 日

人民日报

作品简介

“一网通办”作为改革政务服务、优化营商环境的重要举措，由上海市于 2018 年率先推出。记者通过深入采访，敏锐地抓住“好差评”这一新做法，提炼出从“一网通办”迈向“一网好办”的主题。

新媒体展示

使用手机扫描下方二维码，即可观看本条获奖作品的新媒体展示。

获奖理由

该作品聚焦上海“一网通办”的最新制度性成果，产生了较大反响，对各地推行“一网通办”、创新改革举措起到积极作用，社会效果良好，突出了上海的工作亮点。

降低干部舒适度 提升群众满意度
盐城:政府机关用电要为中小学教室“让路”

作品信息

作品类型:二等奖·文字消息
刊播单位:中国青年报社
报送单位:中央主要新闻单位初评委员会
作　　者:李超
编　　辑:王素洁、王一迪
作品字数:897 字
首发日期:2020 年 6 月 10 日

作品简介

在江苏盐城召开的“全市民生补短板会议”上,记者敏锐地捕捉到市委书记戴源提出的建议,随后记者“瞄准”了政府机关用电为中小学教室“让路”的问题,采访参会人员,查找了当地相关政策资料,采写了这篇独家消息。

获奖理由

该报道以较短篇幅聚焦当下的民生热点问题,从政府机关用电为中小学教室“让路”的角度入手,展现当地政府着力补齐民生短板的“大行动”,让文件里的民生工程更接地气。

新媒体展示

使用手机扫描下方二维码,即可观看本条获奖作品的新媒体展示。

浙江，全国首个生态省

作品信息

作品类型：二等奖 · 文字消息
刊播单位：浙江日报社
报送单位：浙江省新闻工作者协会
作　　者：陈文文、王世琪、郑亚丽
编　　辑：刘刚、汪旻、高驰弘
作品字数：919 字
首发日期：2020 年 5 月 7 日

浙江日报

作品简介

记者从浙江省生态环境厅某位干部口中得知，浙江生态省评估即将通过验收。记者紧盯线索，跟进此事达半年之久，最终在“绿水青山就是金山银山”理念提出 15 周年之际推出这篇全网独家重磅报道。

新媒体展示

使用手机扫描下方二维码，即可观看本条获奖作品的新媒体展示。

获奖理由

消息刊发后引发的大量关注，说明在关键时刻，权威媒体的发声有强大的传播力、引导力、影响力、公信力，由此掀起的对浙江生态省建设的经验宣传热潮，在一定程度上推动了我国生态文明建设的进程。

多国囤粮：一堂活生生的粮食安全"警示课"

作品信息

作品类型：二等奖 · 文字评论
刊播单位：农民日报社
报送单位：中央主要新闻单位初评委员会
作　　者：江娜
编　　辑：何兰生
作品字数：1679 字
首发日期：2020 年 4 月 3 日

农民日報 FARMERS' DAILY

作品简介

本文作者敏锐意识到加强粮食安全舆论引导的重要性和必要性，并撰写该文。文章聚焦社会关切，深入阐述了"底线思维必须始终坚持""以我为主永远是对的""吃饭问题始终是头等大事"这三个关于粮食安全的深刻道理。

获奖理由

该报道聚焦社会关切，以有力的事实和翔实的数据论证了此次国际粮食出口限制不会影响我国粮食安全，论述了关于粮食安全的三个警示道理，有力拓展了时事评论的说理维度和表达深度，并以通俗易懂的语言进行透彻说理。

新媒体展示

使用手机扫描下方二维码，即可观看本条获奖作品的新媒体展示。

莫以纪律红线为怠政懒政找借口

作品信息

作品类型：二等奖 · 文字评论
刊播单位：宝鸡日报社
报送单位：陕西省新闻工作者协会
作　　者：裴兴斌
编　　辑：安伟东
作品字数：967 字
首发日期：2020 年 12 月 18 日

宝鸡日報
BAOJI DAILY

作品简介

“纪律红线”是“把权力关进笼子里”的重要保障，然而现实工作中却有不少党员领导干部以“怕碰纪律红线”为由，为自己的怠政懒政行为找借口。作者在基层采访时发现了这一现象，经过深思熟虑和广泛走访后完成该文。

新媒体展示

使用手机扫描下方二维码，即可观看本条获奖作品的新媒体展示。

获奖理由

这篇评论具有较强的针对性和现实意义，是对怠政懒政者的当头棒喝，是对消极怠工者的深刻警醒，是对推诿扯皮者的响亮警示，有力地涤荡了干事创业进程中的歪风邪气。

张桂梅为什么感动中国

作品信息

作品类型：二等奖 · 文字评论
刊播单位：中国妇女报社
报送单位：中央主要新闻单位初评委员会
作　　者：韩亚聪
编　　辑：赵梓涵、韩亚聪
作品字数：903 字
首发日期：2020 年 7 月 27 日

作品简介

2020 年，云南华坪女子高中校长张桂梅的事迹感动大江南北，《中国妇女报》较早对其事迹予以全方位关注。这篇评论写在张桂梅荣获全国三八红旗手标兵称号后，深刻全面阐释了这位“燃灯校长”的奉献与坚守。

获奖理由

该评论感情真挚、入情入理，由张桂梅的个人事迹说开去，由此及彼、由表及里地述评奋斗对于贫困女性面临困境顽强抗争、辛勤收获迎来蝶变的重要意义，体现了“妇”字号媒体的新闻着眼点与责任担当。

新媒体展示

使用手机扫描下方二维码，即可观看本条获奖作品的新媒体展示。

“自愿”不能成为职场伤害的“美丽借口”

作品信息

作品类型：二等奖·文字评论
刊播单位：工人日报社
报送单位：中央主要新闻单位初评委员会
作　　者：林琳
编　　辑：刘文宁、张子谕
作品字数：1511 字
首发日期：2020 年 11 月 10 日

作品简介

文章从一家游戏公司“员工自愿降薪 10%”的新闻切入，联系此前媒体曝光的某些企业员工“自愿”放弃各种权益的新闻事件，比如自愿超时加班、自愿接受奇葩处罚、自愿离职等进行评论，选题具有鲜明的现实针对性。

新媒体展示

使用手机扫描下方二维码，即可观看本条获奖作品的新媒体展示。

获奖理由

该评论作品由一家游戏公司“员工自愿降薪 10%”的热门话题入手，揭示员工“自愿”表象之下“被自愿”的弱势地位，批判职场 PUA 套路，呼吁尊重劳动者，保障员工权益。

钟华论：在民族复兴的历史丰碑上
——2020中国抗疫记

作品信息

作品类型：二等奖 · 文字评论
刊播单位：新华通讯社
报送单位：新华通讯社
作　　者：集体
编　　辑：集体
作品字数：7384 字
首发日期：2020 年 5 月 10 日

作品简介

在新冠肺炎疫情防控阻击战取得重大战略成果之际，新华社推出评论《钟华论：在民族复兴的历史丰碑上——2020 中国抗疫记》。评论回顾中国抗疫的艰辛历程，系统总结经验启示，彰显党的领导和中国特色社会主义制度的巨大优势。

获奖理由

作品以评论的方式，全面记录和深入思考 2020 年抗疫斗争的大战大考，彰显了“四个自信”，展现了中国优势、中国力量、中国精神，凝聚了社会共识，是一篇具有较强传播力和影响力的抗疫评论力作。

新媒体展示

使用手机扫描下方二维码，即可观看本条获奖作品的新媒体展示。

莫让驻村队员变演员

作品信息

作品类型：二等奖 · 文字评论
刊播单位：广西日报社
报送单位：广西新闻工作者协会
作　　者：矛戈（甘日栋）
编　　辑：李秀翔
作品字数：1359 字
首发日期：2020 年 4 月 23 日

广西日報
GUANGXI DAILY

作品简介

作者撰写了《莫让驻村队员变演员》一文，就某贫困县热衷于制造脱贫典型之事展开评论，批评脱贫攻坚中栽盆景、造典型等脱离实际的形式主义、官僚主义问题。

新媒体展示

使用手机扫描下方二维码，即可观看本条获奖作品的新媒体展示。

获奖理由

该文围绕脱贫攻坚中存在的突出问题展开评论，观点鲜明、见解独到、语言生动、监督有力，是一篇具有建设性姿态、批评性味道的好评论。

父亲留在了火神山

作品信息

作品类型：二等奖·文字通讯与深度报道
刊播单位：中国青年报社
报送单位：中央主要新闻单位初评委员会
作　　者：耿学清
编　　辑：张国
作品字数：3902 字
首发日期：2020 年 4 月 15 日

作品简介

在武汉新冠肺炎疫情报道中，该作品是第一篇连接起新冠遗体捐献者家庭和遗体解剖团队的深度报道，展现了一个普通武汉家庭在疫情中的坚韧、善良、奉献，记录了中国军民同心战疫的故事。

获奖理由

作品聚焦一个全家人都被感染的遗体捐献者家庭，对传染病患者遗体捐献故事作了完整记录。作品选材独特，呈现了人在危急状态下的选择，以及在乐观坚韧背后的军民同心、医患同心。

新媒体展示

使用手机扫描下方二维码，即可观看本条获奖作品的新媒体展示。

“摆脱贫困”今又是，喜看新篇
——福建宁德迈向脱贫后新征程

作品信息

作品类型：二等奖·文字通讯与深度报道
刊播单位：光明日报社
报送单位：光明日报社
作　　者：集体
编　　辑：集体
作品字数：3844 字
首发日期：2020 年 12 月 31 日

作品简介

为了以典型样本展现脱贫攻坚成就，《光明日报》总编辑带队赶赴被称为习近平扶贫思想策源地之一的福建宁德调研、采访。作品采用今昔对比、回顾溯源的笔法，把总书记 32 年前主政宁德时的思考与部署同今天宁德的发展结合起来。

新媒体展示

使用手机扫描下方二维码，即可观看本条获奖作品的新媒体展示。

获奖理由

该稿件写在我国胜利完成脱贫攻坚历史使命、消除了绝对贫困和区域性整体贫困的历史节点上，以高质量打赢脱贫攻坚战、推进社会主义现代化建设为主题，具有鲜明的年度印记、重大的时代意义。

抗疫期间，中科院武汉病毒研究所做了什么

作品信息

作品类型：二等奖 · 文字通讯与深度报道
刊播单位：科技日报社
报送单位：中央主要新闻单位初评委员会
作　　者：陆成宽
编　　辑：陈磊、胡兆珀、彭东
作品字数：4193
刊播版面：要闻版 1 版转 4 版
首发日期：2020 年 5 月 11 日

科技日报

作品简介

新冠肺炎疫情爆发后，为了还原事实真相，编辑与记者围绕武汉病毒研究所何时承担病原检测等任务、P4 实验室怎样防止病毒外流、科研攻关有何最新进展等问题，与中科院做了多次沟通，如实讲述疫情防控科研攻关一线的故事。

获奖理由

本稿件是一篇既坚持正确舆论导向，又尊重新闻事实的佳作，扭转了当时不利的舆论局面，起到了鼓舞士气、凝心聚力、澄清谬误、沟通世界的积极作用。稿件被 78 家国内媒体、481 家外媒选用转载，驳斥了各种病毒阴谋论。

新媒体展示

使用手机扫描下方二维码，即可观看本条获奖作品的新媒体展示。

推迟召开全国人大会议不会影响国家机关运转

作品信息

作品类型：二等奖 · 文字通讯与深度报道
刊播单位：法治日报社
报送单位：中央主要新闻单位初评委员会
作　　者：王斗斗
编　　辑：郭晓宇
作品字数：1658 字
刊播版面：5 版
首发日期：2020 年 2 月 25 日

法治日报

作品简介

2020 年 2 月 17 日，十三届全国人大常委会第四十七次委员长会议传出消息，十三届全国人大三次会议或将推迟。记者从受众角度思考，提出三个问题：是否推迟过？影响大吗？法律允许吗？

新媒体展示

使用手机扫描下方二维码，即可观看本条获奖作品的新媒体展示。

获奖理由

作品从受众的视角提出三个问题，并就这三个问题采访了全国人大常委会法工委原副主任阚珂，用问答形式呈现，直观生动。作品发表及时，权威回应了社会对全国人大会议推迟召开的关切。

冲破封锁线
——华中数控潜心攻关核心技术纪略

作品信息

作品类型：二等奖・文字通讯与深度报道
刊播单位：湖北日报社
报送单位：华中科技大学新闻与信息传播学院
作　　者：胡汉昌、韩炜林、方琳
编　　辑：孙国平、林成文、付勤
作品字数：4884 字
刊播版面：1 版转 4 版
首发日期：2020 年 9 月 24 日

作品简介

12 年前，位于武汉的华中数控因其在数控技术方面的创新受到美国的制裁打压，一代代科研工作者矢志坚守、埋头苦干，终于冲破封锁，研制出达到国际先进水平的高性能数控系统。

获奖理由

近年来，以美国为首的西方国家不断围堵、封锁中国，特别是在新技术新产业领域。这篇报道以典型故事向世人昭示：关键核心技术买不来、求不来、讨不来，唯有埋头苦干、自主创新，方能冲破封锁，可谓催人奋进。

新媒体展示

使用手机扫描下方二维码，即可观看本条获奖作品的新媒体展示。

“首倡地”的答卷

作品信息

作品类型：二等奖 · 文字通讯与深度报道
刊播单位：湖南日报社
报送单位：湖南省新闻工作者协会
作　　者：邹继红、金中基、邓晶琎、黄婷婷、彭业忠
编　　辑：夏似飞、金中基
作品字数：3798 字
刊播版面：头版头条转要闻版 3 版
首发日期：2020 年 7 月 27 日

湖南日報

作品简介

报道聚焦习近平总书记“精准扶贫”重要论述的首倡之地——花垣县十八洞村所在的湘西土家族苗族自治州，展示了首倡地“主战场”的壮阔场景以及干部群众拼搏奋斗的事迹和风采。

新媒体展示

使用手机扫描下方二维码，即可观看本条获奖作品的新媒体展示。

获奖理由

该作品题材厚重，文本表述紧连天线、深接地气，既有高度又有温度，社会反响强烈。作品在国内率先回顾了“首倡地”湘西土家族苗族自治州脱贫攻坚 7 年来的壮阔历程，为“主战场”打赢脱贫攻坚战交上了出色的答卷，营造了良好的舆论氛围。

十年再看“单改双”

作品信息

作品类型：二等奖 · 文字通讯与深度报道
刊播单位：农民日报社
报送单位：农民日报社
作　　者：孙眉、高杨
编　　辑：王玉琪、李丽颖、刘振远
作品字数：2886 字
刊播版面：2 版
首发日期：2020 年 12 月 28 日

农民日報
FARMERS' DAILY

作品简介

我国双季稻种植面积连续递减十年后，在 2020 年停止缩减，开始增长。双季稻中的早稻面积、产量实现“双升”，为全年粮食增产作出了重要贡献。究竟是什么原因使得“单改双”形势转好，农民又开始恢复种植双季稻呢？文中给出了答案。

获奖理由

记者走进我国南方部分水稻种植大省，在国家恢复双季稻种植的政策背景下，对农户进行采访，介绍当地的种植技术与生产托管服务，在深入群众的过程中完成了一篇内容翔实、数据真实、紧跟国家政策的好报道。

新媒体展示

使用手机扫描下方二维码，即可观看本条获奖作品的新媒体展示。

长江禁渔，为何还有禁而不止的现象

作品信息

作品类型：二等奖·文字通讯与深度报道
刊播单位：人民日报社
报送单位：人民日报社
作　　者：金正波、田豆豆、田先进、范昊天
编　　辑：李宝善、庹震、张毅、廖文根、黄庆畅
作品字数：3590 字
刊播版面：7 版
首发日期：2020 年 6 月 29 日

作品简介

长江禁渔是为全局计、为子孙谋的重要决策，2020 年是实施长江十年“禁渔令”的第一年。根据社领导部署，记者深入调查该政策的贯彻落实情况，撰写了这篇报道。

新媒体展示

使用手机扫描下方二维码，即可观看本条获奖作品的新媒体展示。

获奖理由

这篇调查报道的选题抓得好，内容做得实，对习近平总书记重要讲话精神和中央有关决策部署研究得及时、认识得深入、把握得准确，有力推动了有关地方、部门扎实开展长江禁捕退捕工作。

“我和保国天天说话”

作品信息

作品类型：二等奖·文字通讯与深度报道
刊播单位：河北日报社
报送单位：河北省新闻工作者协会
作　　者：潘文静、冯阳
编　　辑：曹阳葵、吴艳荣
作品字数：1534 字
刊播版面：要闻版 1 版转 4 版
首发日期：2020 年 10 月 18 日

作品简介

2020 年 10 月 17 日是第七个国家扶贫日，当天，“太行山上的新愚公”李保国生前长期帮扶的内丘县获得了全国脱贫攻坚奖。李保国妻子、河北农业大学林学院研究员郭素萍通过微信朋友圈给他留言，报告喜讯。

获奖理由

该报道循着郭素萍的微信朋友圈，娓娓讲述“更多的人正在成为李保国”“一个个河北农产品品牌不断被擦亮”的故事。报道叙事生动、情真意切、角度新颖、文风鲜活，体现了党报守正创新，做好重大主题宣传报道的积极探索。

新媒体展示

使用手机扫描下方二维码，即可观看本条获奖作品的新媒体展示。

致敬最可爱的人

——纪念抗美援朝 70 周年 · 老兵访谈录

作品信息

作品类型：二等奖 · 文字通讯与深度报道
刊播单位：参考消息报社
报送单位：中央主要新闻单位初评委员会
作　　者：集体
编　　辑：集体
作品字数：3198 字、2694 字、4245 字
刊播版面：11 版、11 版、5 版
首发日期：2020 年 9 月 7 日至 11 月 7 日

参考消息
cankaoxiaoxi.com

作品简介

为纪念中国人民志愿军抗美援朝出国作战 70 周年，参考消息报社与新华社辽宁分社推出《致敬最可爱的人——纪念抗美援朝 70 周年 · 老兵访谈录》大型融媒专题报道。该专题以“70 年 70 人”的创意策划为引领，推出 70 位老兵的访谈录。

新媒体展示

使用手机扫描下方二维码，即可观看本条获奖作品的新媒体展示。

获奖理由

该大型融媒专题报道以“70 年 70 人”的创意策划为引领，推出 70 位老兵的访谈录，以生动的讲述、深情的笔墨、丰富的细节再现英雄故事，塑造舍生忘死的抗美援朝英雄群像，既具有重要的史料价值，又富有现实针对性和时代意义。

丢失纪念章31小时后，老人获赠新奖章

作品信息

作品类型：二等奖·文字通讯与深度报道
刊播单位：北京日报社
报送单位：北京市新闻工作者协会
作　　者：叶晓彦
编　　辑：赵中鹏、艾方容
作品字数：745字
刊播版面：2版
首发日期：2020年10月26日

北京日报

作品简介

2020年10月24日下午，92岁老兵刘延珠在逛颐和园时丢失了自己的抗美援朝奖章，非常着急。25日，记者从微信朋友圈得知消息后，第一时间与公园和发帖人核实情况，在新媒体端连续发布消息，呼吁市民帮忙寻找。

获奖理由

报道不足800字，充分体现了短、新、实，现场感强，易引起读者的共鸣。报道不仅弘扬了崇尚英雄、关爱英雄的社会新风尚，也从一个侧面展现了政府部门主动作为、未诉先办、快速高效为民办实事的新气象。

新媒体展示

使用手机扫描下方二维码，即可观看本条获奖作品的新媒体展示。

风雨无阻向前进

——写在全国疫情防控阻击战取得重大战略成果之际

作品信息

作品类型：二等奖 · 文字通讯与深度报道
刊播单位：新华通讯社
报送单位：新华通讯社
作　　者：集体
编　　辑：何平、张宿堂
作品字数：16,000 字
首发日期：2020 年 5 月 17 日

作品简介

稿件采写历时两个月，创作者从数十万字的采访素材中，全面梳理了新冠肺炎疫情发生以来，以习近平同志为核心的党中央始终把人民生命安全放在首位，带领全国人民顽强奋斗，为全球战疫作出重要贡献的壮阔历程。

新媒体展示

使用手机扫描下方二维码，即可观看本条获奖作品的新媒体展示。

获奖理由

这是在全国疫情防控阻击战取得重大战略成果之际特别播发的长篇纪实，既有从未披露的习近平总书记指挥战疫的独家细节，也有大量深度挖掘的抗疫感人故事，堪称习近平总书记时政报道的又一扛鼎之作。

南山战疫日志

作品信息

作品类型：二等奖 · 文字通讯与深度报道
刊播单位：广州日报社
报送单位：广东省新闻工作者协会
作　　者：杨清蒲、黄卓坚、周成华、黄蓉芳、王俊、邱敏、毕征
编　　辑：王晓云、李思涵、曹腾
作品字数：2887字、2977字、2748字
刊播版面：要闻3版、要闻6版、要闻6版
首发日期：2020年3月30日至7月16日

作品简介

在获得钟南山院士的独家授权之后，记者通过钟南山院士助理和院士专家团队的口述，用十万余字记录了从2020年1月18日钟南山夜驰武汉到疫情缓解这段时间，钟南山院士每一天的战疫经历。

获奖理由

这组连续报道，在立意上，既深邃高远又亲切可读，既有大情怀又有小细节，既讲究科学性又有故事性；在写法上，既有大视野的宏观观察又有近距离的细节刻画，立体展现了钟南山"院士的专业、战士的勇猛、国士的担当"。

新媒体展示

使用手机扫描下方二维码，即可观看本条获奖作品的新媒体展示。

大地情书

作品信息

作品类型：二等奖·文字通讯与深度报道
刊播单位：辽宁日报社
报送单位：辽宁省新闻工作者协会
作　　者：董翰博、李波、高爽、朱忠鹤、李越
编　　辑：集体
作品字数：4957 字、4994 字、4980 字
刊播版面：4—5 版
首发日期：2020 年 12 月 21 日至 12 月 25 日

作品简介

报道立足辽宁、创新表达，推出大型全媒体新闻报道《大地情书》，通过对五个村级样本的生动呈现，反映了在全面建成小康社会的过程中，辽宁乡村的深刻变迁，既充满地域风情和文化气息，又体现出对社会发展的深度思考。

新媒体展示

使用手机扫描下方二维码，即可观看本条获奖作品的新媒体展示。

获奖理由

报道生动鲜活，接地气、动真情，堪称"沾泥土""带露珠""冒热气"的精品力作。

上山第一步 世界一大步

作品信息

作品类型：二等奖·文字通讯与深度报道
刊播单位：金华日报社
报送单位：浙江省新闻工作者协会
作　　者：李艳
编　　辑：孙建成、劳剑晨、陈丽媛
作品字数：3937 字
刊播版面：12 版
首发日期：2020 年 11 月 20 日

金华日报

作品简介

2020 年是上山遗址发现 20 周年，作者紧紧抓住该新闻主题，充分利用其 20 年持续跟踪报道的丰厚积淀，完整展现上山遗址发现 20 年来的历程，以及对世界稻作文化、农业文化和农业文明的重大意义。

获奖理由

作品题材重大、独特，生动展现了上山作为世界稻作文化的起源地，对万年水稻起源、发展进行了有力证明，对世界农业起源认识作了重要修订，从而对人类文明产生影响的重大意义。

新媒体展示

使用手机扫描下方二维码，即可观看本条获奖作品的新媒体展示。

海南长臂猿保护工作成效初显
种群数量增长至5群33只——猿家喜添丁

作品信息

作品类型：二等奖 · 文字通讯
刊播单位：海南日报社
报送单位：海南省新闻工作者协会
作　　者：李梦瑶、于伟慧
编　　辑：陈奕霖 、丁静
作品字数：2415 字
刊播版面：A05 版
首发日期：2020 年 9 月 2 日

海南日报
HAINAN DAILY

作品简介

2020 年 9 月 1 日，海南长臂猿分离出的种群新添一只幼猿。对此新闻事件，本文记者通过补充采访基层监测队员、专家、部门负责人，深入挖掘和全面展示新闻事实，进一步加深读者对“猿家喜添丁”意义的理解。

新媒体展示

使用手机扫描下方二维码，即可观看本条获奖作品的新媒体展示。

获奖理由

该报道并没有停留在发现长臂猿新种群这一事件本身，而是从更高站位挖掘新闻的深刻内涵，用精练的文字让读者对这一事件有立体、全面的了解。文章生动具体，可读性强。

2020年11月23日《浙江日报》6—7版

作品信息

作品类型：二等奖·文字版面
刊播单位：浙江日报社
报送单位：中国新闻漫画研究会
作　　者：滕昶、高驰弘、陈仰东、吴雄伟
编　　辑：金波、钱锋、袁艳
刊播版面：6—7版
首发日期：2020年11月23日

作品简介

该版面以通版的形式聚焦互联网之光博览会，版面稿件内容丰富、新闻性强，除消息和评论外，还加入了展品介绍和互联网之光博览会历史介绍，增加了报道的广度和深度。

获奖理由

该版面以通版形式报道互联网之光博览会，以“窗”为主题，巧妙地将乌镇水乡元素和“重要窗口”结合起来，体现了立意和构思。该版面运用丰富的版面元素，立体展示，多维度报道，实现了版面内容与设计的完美结合。

新媒体展示

使用手机扫描下方二维码，即可观看本条获奖作品的新媒体展示。

2020年4月14日《新华日报》T7版

作品信息

作品类型：二等奖·文字版面
刊播单位：新华日报社
报送单位：中国新闻漫画研究会
作　　者：周贤辉、张迪
编　　辑：顾雷鸣、周贤辉、沈东
刊播版面：T7版
首发日期：2020年4月14日

新華日報

作品简介

该版面首次向全社会权威公开江苏援鄂医护人员全名单，用手绘的形式勾画出援鄂医护人员的形象，直观醒目地点出新闻主题，提升致敬、礼赞的核心含义。名单沿着人物轮廓以曲线排列，虚实结合，打造出震撼人心的效果。

新媒体展示

使用手机扫描下方二维码，即可观看本条获奖作品的新媒体展示。

获奖理由

该版独辟蹊径，将江苏援鄂医护人员的名字进行了大胆的可视化处理，将一份名单作为整版唯一的内容突出处理并作艺术化呈现，打破了常规的编排思路，让人过目不忘，达到了良好的传播效果，致敬了白衣勇士的奉献和无畏精神。

青山不老

作品信息

作品类型：二等奖 · 文字副刊
刊播单位：河北日报社
报送单位：中国报纸副刊研究会
作　　者：曹铮、林凤斌、刘萍
编　　辑：韩莉、崔立秋、曹阳葵
作品字数：7536 字
刊播版面：文化周刊 9 版
首发日期：2020 年 7 月 3 日

作品简介

稿件聚焦阜平这块古老热土和巍巍太行在脱贫攻坚中再次焕发青春容颜这一主题，以报告文学的方式记录青山绿水间一群群奔跑的追梦人，捕捉他们扎实奋进的身影，记录当地贫困家庭的生活变迁，展现人们同心奔小康的信心与激情。

获奖理由

该文聚焦具有重大历史意义的脱贫攻坚前沿阵地，记录和描摹了脱贫前后农村的巨变，选题精准、典型突出、角度新颖、结构宏大、内容丰富、语言鲜活，全景式立体展现了河北省阜平县“精准扶贫”与“乡村振兴”的光辉历程。

新媒体展示

使用手机扫描下方二维码，即可观看本条获奖作品的新媒体展示。

“自以为领导满意”岂止是蠢

作品信息

作品类型：二等奖·文字副刊
刊播单位：北京日报社
报送单位：中国报纸副刊研究会
作　　者：长石(张砥)
编　　辑：毛颖颖、胡宇齐
作品字数：1123 字
刊播版面：深读周刊·杂文 14 版
首发日期：2020 年 4 月 28 日

作品简介

该文敏锐聚焦于官场上“自以为领导满意”的形式主义乱象，犀利描绘了其现实表征，并且透过现象剖析本质、探寻根源。在中央屡次向形式主义亮剑的大背景下，该文无疑具有相当强的现实针对性，读来发人深省。

新媒体展示

使用手机扫描下方二维码，即可观看本条获奖作品的新媒体展示。

获奖理由

该文行文流畅，说理精准深刻，新媒体与传统媒体结合良好，取得了非常好的社会效果。正能量的舆论引导，有力度的针砭时弊，应是当前副刊作品肩负的责任，该文便是有积极代表性的一篇优秀作品。

空地联运
军队又一批1200名医护人员抵达武汉

作品信息

作品类型：二等奖·综合摄影
刊播单位：中国军网
报送单位：中国新闻摄影学会
作　　者：范显海
编　　辑：孙智英
作品幅数：8幅
刊播版面：八一图片
首发日期：2020年2月17日

作品简介

作品记录了军队增派支援武汉抗击新冠肺炎疫情的又一批医护人员抵达武汉的情况。作者在2月17日先后前往武汉天河国际机场、武汉火车站等地，用镜头忠实记录下运送军队医护人员的难忘瞬间。

获奖理由

本组图片抓拍了解放军医护人员乘坐大型军用运输机和高铁，第一时间抵达武汉的情景，很好地把握了宣传的时、度、效，以图像无言的力量打动人心，营造了万众一心、众志成城的舆论氛围，达到了较好的全媒体传播效果。

新媒体展示

使用手机扫描下方二维码，即可观看本条获奖作品的新媒体展示。

一起看夕阳

作品信息

作品类型：二等奖·综合摄影
刊播单位：湖北日报社
报送单位：中国新闻摄影学会
作　　者：甘俊超
编　　辑：徐敏
作品幅数：1 幅
刊播版面：T03 版
首发日期：2020 年 9 月 8 日

作品简介

3 月 5 日傍晚，武汉大学人民医院东院，上海复旦大学附属中山医院援鄂医疗队队员刘凯医生，在护送患者做 CT 的途中停下来，让已经住院近一个月的 87 岁老先生欣赏了一次久违的日落。

新媒体展示

使用手机扫描下方二维码，即可观看本条获奖作品的新媒体展示。

获奖理由

作品构图精美，在呈现落日余晖的大气磅礴的同时，展现了疫情期间医患携手战“疫”，最打动人心的一幕，给人以信心和希望。

跃·悦

作品信息

作品类型：二等奖·综合摄影
刊播单位：湖南日报社
报送单位：中国新闻摄影学会
作　　者：辜鹏博
编　　辑：刘建光、李梓延、马俊达
作品幅数：1 幅
刊播版面：1 版
首发日期：2020 年 7 月 9 日

作品简介

7 月 8 日，长沙市第一中学高考考生罗子欣在高考结束后飞奔出考场大门，完成了两个健美操“一字马”动作。记者抓拍到罗子欣高高跃起的瞬间，充分展现了学子们考试结束后身心放松的喜悦之情。

获奖理由

这张新闻摄影作品具有强烈的视觉冲击力，画面干净利落，信息丰富，所有人物都有合理、充分的表现，烘托了气氛。主体人物漂亮的“一字马”，闪耀着青春的力量，具有强烈的感染力，真实地传达了考生们的心境，令人印象深刻。

新媒体展示

使用手机扫描下方二维码，即可观看本条获奖作品的新媒体展示。

孔夫子“失业”

作品信息

作品类型：二等奖 · 综合漫画
刊播单位：沈阳日报社
报送单位：中国新闻漫画研究会
作　　者：刘克军
编　　辑：程谟刚、兰宝刚、詹德华
作品幅数：1 幅
刊播版面：11 版
首发日期：2020 年 12 月 31 日

作品简介

作品通过孔子的弟子纷纷离开杏坛，前往各个补课机构的比喻，讽刺校外补课机构泛滥、教育本质偏离的现象，希望能引起社会关注，治疗这一顽疾。

新媒体展示

使用手机扫描下方二维码，即可观看本条获奖作品的新媒体展示。

获奖理由

这幅漫画作品主题鲜明，题材具有典型性和代表性，讽刺辛辣，有很强的社会意义；表现手法幽默活泼，充分发挥了漫画语言的功能；构图简洁明快，主题突出，从孔夫子的无奈中看到了学生的无奈、家长的辛酸，切中时弊，发人深省。

河北脱贫攻坚图景志

作品信息

作品类型:二等奖·综合漫画
刊播单位:长城新媒体集团
报送单位:中国新闻漫画研究会
作　　者:刘超瑞、韩彤鹤
编　　辑:张国锋、曹朝阳
作品幅数:组画
刊播平台:长城 24 小时客户端
首发日期:2020 年 11 月 23 日

长城新媒体

作品简介

2020 年,河北省告别区域性整体贫困,对此,长城新媒体集团推出手绘长卷《河北脱贫攻坚图景志》,全景式描绘了党的十八大以来河北全力打赢脱贫攻坚战的壮丽画卷,画中各类场景妙趣横生,艺术性、观赏性俱佳。

获奖理由

该作品以手绘长卷的形式突出展示了河北省脱贫攻坚的历史性成就,以小见大地串联起河北和全国一道走向全面小康的奋斗历程。作品创作思路新、表现手法新、形式鲜活、内涵丰富、表现生动、传播广泛,充分体现了新媒体特色。

新媒体展示

使用手机扫描下方二维码,即可观看本条获奖作品的新媒体展示。

祖国大陆
距台湾最近铁路通车

作品信息

作品类型：二等奖 · 广播消息
刊播单位：福建省广播影视集团
报送单位：福建省新闻工作者协会
作　　者：杨陆海、洪媛媛、陈真、强若诗
编　　辑：强若诗
作品时长：3 分 25 秒
刊播栏目：东南广播公司《就想和你听》
首发日期：2020 年 12 月 26 日

福建省广播影视集团
FUJIAN MEDIA GROUP

作品简介

福平铁路通车运营，对两岸和平统一进程具有重大政治意义。作品通过 AM585 电波、海博 TV 网站及 App 等渠道向全台湾受众及在闽台胞播出，还以图文、短视频形式在“今日头条”客户端刊载，对台舆论引导效果较好。

新媒体展示

使用手机扫描下方二维码，即可观看本条获奖作品的新媒体展示。

获奖理由

这是一件很见脚力、眼力、脑力、笔力的新闻作品。作品题材重大，主题深刻，政治站位较高，大局意识较强，首发时间早，新闻性、时效性强。

黑龙江粮食产量实现“十七连丰”

作品信息

作品类型：二等奖 · 广播消息
刊播单位：黑龙江广播电视台
报送单位：黑龙江省新闻工作者协会
作　　者：牟维宁、王伟、丛志成、陈潜
编　　辑：丛志成
作品时长：3 分 37 秒
刊播栏目：黑龙江新闻广播《新闻联播》
首发日期：2020 年 12 月 10 日

作品简介

记者连续走访了庆安、兰西等十多个黑龙江粮食主产县，走进田间地头，深入采访报道了当地抗疫抗灾保生产促丰收的具体实践与创新经验，编辑在最短时间内精选素材整合制作播出。作品主题重大，立意深远，语言简练，内容丰富。

获奖理由

作品充分展现黑龙江为维护国家粮食安全所作出的努力与取得的成绩，鼓舞士气，振奋人心。作品播出后得到相关部门高度评价，广大听众网友纷纷为来之不易的“十七连丰”点赞。

新媒体展示

使用手机扫描下方二维码，即可观看本条获奖作品的新媒体展示。

资溪“两山银行”：存储“绿水青山” 收益“金山银山”

作品信息

作品类型：二等奖 · 广播消息
刊播单位：抚州市广播电视台
报送单位：江西省新闻工作者协会
作　　者：危志娟、姜萍、周嫣婷
编　　辑：谢慧星
作品时长：3 分 43 秒
刊播栏目：新闻综合频率《抚州新闻》
首发日期：2020 年 12 月 1 日

作品简介

12 月 1 日，江西省“两山”转化金融服务工作现场会在资溪召开，记者提前深入资溪进行采访，挖掘“两山银行”如何将资源变成资金的过程，并通过两个事例使这个过程变得通俗易懂。

新媒体展示

使用手机扫描下方二维码，即可观看本条获奖作品的新媒体展示。

获奖理由

作品结构紧凑、行文流畅、叙述得当、点面结合，是一篇优秀的广播稿。该消息播出后，中央、省、市多家媒体对资溪“两山银行”的成效进行了广泛报道，引起社会各界热烈反响。

智能时代，如何让老年人跨越“数字鸿沟”？

作品信息

作品类型：二等奖·广播评论
刊播单位：无锡市广播电视台
报送单位：江苏省新闻工作者协会
作　　者：赵波、张巡天
编　　辑：方益、张岚
作品时长：13 分 59 秒
刊播栏目：无锡新闻综合广播《新闻周记》
首发日期：2020 年 10 月 18 日

作品简介

作品分析了无锡火车站“无健康码通道”引发社会高度关注背后的深层原因，并由此出发，关注移动互联网时代老年人所遭遇的普遍困境。作品在指出要帮助老年人跨越“数字鸿沟”的同时，探讨了解决问题的路径。

获奖理由

作品抓住社会热点，触及社会痛点、难点，现实意义重大，时效性强；角度独特，论述深入，说服力强；音响丰富，采访扎实，可听性强；有情有理，入心入脑，推动了问题的解决，发挥了媒体的舆论引导作用。

新媒体展示

使用手机扫描下方二维码，即可观看本条获奖作品的新媒体展示。

南阳要占万亩基本农田建养猪场，岂能如此“拆东墙补西墙”？

作品信息

作品类型：二等奖 · 广播评论
刊播单位：中央广播电视总台（央广）
报送单位：中央广播电视总台
作　　者：谭朕、肖源、李凡、钱成
编　　辑：高岩、李宇飞、刘黎黎
作品时长：9 分 59 秒
刊播栏目：中国之声《新闻纵横》
首发日期：2020 年 8 月 27 日

作品简介

该报道以新闻述评的形式，抽丝剥茧地呈现万亩基本农田被占一事的全貌。评论旗帜鲜明地指出，“锅里有肉”的前提是“碗里有粮”，不能“拆东墙补西墙”，18 亿亩的耕地红线必须守住。

新媒体展示

使用手机扫描下方二维码，即可观看本条获奖作品的新媒体展示。

获奖理由

该选题站位高、立意深，中央关注、百姓关心。报道敢于碰硬，调查充分，证据充足。评论观点鲜明，论证扎实，报道播出后，耕地“非粮化”问题进一步得到重视，防止耕地“非粮化”这一内容也出现在 2021 年政府工作报告中。

新闻特写：延期的高考，不延期的梦想

作品信息

作品类型：二等奖・广播新闻专题
刊播单位：安徽广播电视台
报送单位：安徽省新闻工作者协会
作　　者：赵华光、马静、汪娜
编　　辑：陈涛
作品时长：5 分 27 秒
刊播栏目：新闻综合广播频率《新闻早高峰》
首发日期：2020 年 7 月 10 日

作品简介

该报道密切跟踪安徽歙县高考延迟事件，紧紧围绕“人民至上、生命至上”这一执政理念，以细节生动的现场、清晰紧密的事实、深刻有力的述评，场景化推进式进行报道，现场感极强，富有感染力。

获奖理由

该报道密切跟踪安徽歙县高考延迟事件，全方位展现当地政府面对突发状况，及时研判、果敢决断的作为，弘扬社会正能量，获得多方好评。该报道时效性强、素材生动、逻辑清晰，并通过全媒体传播，是一篇优秀的广播新闻作品。

新媒体展示

使用手机扫描下方二维码，即可观看本条获奖作品的新媒体展示。

大山里的“摩托书记”

作品信息

作品类型：二等奖 · 广播新闻专题
刊播单位：辽宁广播电视台
报送单位：辽宁省新闻工作者协会
作　　者：集体
编　　辑：徐诗、吕为、汪湛
作品时长：12 分 54 秒
刊播频率：辽宁之声 AM1089
首发日期：2020 年 9 月 17 日

作品简介

作品采用行进式的手法，生动塑造出一位骑着摩托车在大山里奔忙的女村支书形象。作品通过环环相扣、衔接紧密的几件事情，抓住了听众的耳朵；采用广播纪录片的形式，以音响串联全篇，原生态展现当地村民生产生活的场景。

新媒体展示

使用手机扫描下方二维码，即可观看本条获奖作品的新媒体展示。

获奖理由

作品以小切口呈现决战决胜脱贫攻坚的大主题，以故事化的讲述创新主题类报道的表达形式，深入发掘先进典型，具有浓郁的东北地域特色，故事性、可听性强，是一篇有思想、有温度、有品质的报道。

黄河人家

作品信息

作品类型：二等奖 · 广播新闻专题
刊播单位：中央广播电视总台（央广）
报送单位：中央广播电视总台
作　　者：集体
编　　辑：刘黎黎
作品时长：11 分
刊播栏目：中国之声《新闻纵横》
首发日期：2020 年 9 月 9 日

作品简介

作品摒弃了宏大叙事，用普通人的视角讲述可感可触的母亲河的故事。作品发挥广播的报道优势，用细节、微观特写的方式记录黄河流域群众生活的点滴，创新的报道形式使人文特色具象化，更通俗、生动，贴近性更强。

获奖理由

该报道聚焦黄河高质量发展，内容上，从普通人的视角展现黄河的保护工作与发展变化；形式上，用“地理名片＋广播特写＋记者手记”的方式，创新了广播报道形式；在媒体融合方面，尝试多元素多渠道融合，全方位“讲好黄河故事”。

新媒体展示

使用手机扫描下方二维码，即可观看本条获奖作品的新媒体展示。

听！浦东每一种声音都让自己离世界更近

作品信息

作品类型：二等奖 · 广播新闻专题
刊播单位：上海广播电视台
报送单位：上海市新闻工作者协会
作　　者：何周导、胡旻珏、赵宏辉
编　　辑：李斌、孟诚洁
作品时长：6 分 50 秒
刊播栏目：FM93.4《990 早新闻》
首发日期：2020 年 11 月 12 日

RTS
上海广播电视台
RADIO AND TELEVISION SHANGHAI

作品简介

该报道以声音为主线，通过运用大量现场实况音响，诠释“创新”“改革”“开放”三大关键词，生动展现而立之年的浦东敢闯敢试、砥砺前行的奋斗历程。该报道音响运用充分，极具广播特色，具有很强的可听性，获得了广泛好评。

新媒体展示

使用手机扫描下方二维码，即可观看本条获奖作品的新媒体展示。

获奖理由

声音是广播报道最核心的元素。记者采制大量实况音响，精心挑选、用心制作，选取的三个小故事，折射出波澜壮阔的浦东开发大潮。在庆祝浦东开发开放 30 周年相关报道中，该报道独树一帜，极具特色，取得了很好的传播效果。

奔跑在希望的田野上

作品信息

作品类型：二等奖 · 广播新闻访谈节目
刊播单位：安徽广播电视台
报送单位：中国广播电视社会组织联合会
作　　者：戴红莲、黄樱、王丽丽
编　　辑：申红、李蠡、邵震
作品时长：20 分 54 秒
刊播栏目：《无人驾驶》
首发日期：2020 年 12 月 31 日

作品简介

作品特别选取习近平总书记曾经考察调研过的 5 个典型村庄，邀请当地脱贫攻坚一线的代表，通过他们的亲身经历讲述脱贫攻坚成果，探讨实施乡村振兴战略未来发展之路。

获奖理由

本期访谈以小切口反映时代大主题，策划巧妙，嘉宾典型，内容精彩，兼具重大性、思想性的新闻传播优势，记者与采访对象问答精彩，引人入胜。

新媒体展示

使用手机扫描下方二维码，即可观看本条获奖作品的新媒体展示。

背着国徽去开庭
打通司法为民最后一公里

作品信息

作品类型：二等奖 · 广播新闻访谈节目
刊播单位：中央广播电视总台
报送单位：中国广播电视社会组织联合会
作　　者：康乐、李凡、杨扬、王慧
编　　辑：康乐
作品时长：11 分
刊播栏目：《这里有说法》
首发日期：2020 年 12 月 28 日

中央广播电视总台

作品简介

本期节目直指农民群众最关心关注的司法维权问题，有理有据，精准解答，在普法的同时，宣传了我国的脱贫成果，也栩栩如生地描绘出基层法官司法为民的生动立体形象。

新媒体展示

使用手机扫描下方二维码，即可观看本条获奖作品的新媒体展示。

获奖理由

该作品以“马背法官”那顺“背着国徽去开庭”，打通司法为民“最后一公里”的坚守与担当为切入点，首尾呼应。作品声音元素丰富、形式多样、转承流畅自然、节奏得当，具有较强的实践指导意义。

嫦娥再探月

——中国之声嫦娥五号探测任务特别直播

作品信息

作品类型：二等奖·广播新闻现场直播
刊播单位：中央广播电视总台（央广）
报送单位：中国广播电视社会组织联合会
作　　者：集体
编　　辑：高岩、王磊、张棉棉
作品时长：1 时 29 分 54 秒
刊播频率：中国之声
首发日期：2020 年 12 月 28 日

作品简介

本次现场直播在海南文昌航天发射场完成，通过记者连线、现场解说、录音报道等多种方式完整记录长征五号遥五运载火箭搭载嫦娥五号成功发射升空并将其送入预定轨道的全过程。

获奖理由

《嫦娥再探月》新闻性很强，抓住了重要事件的重要时间节点。整个直播编排巧妙、内容丰富，具有很好的现场感与画面感，精彩记录了我国月球探测的历史一刻。直播兼具科普性和专业性，是具有一定示范作用的直播作品。

新媒体展示

使用手机扫描下方二维码，即可观看本条获奖作品的新媒体展示。

2020年10月14日《声动福建》

作品信息

作品类型：二等奖·广播新闻节目编排
刊播单位：福建新闻综合广播
报送单位：中国广播电视社会组织联合会
作　　者：阮怡、李薇、刘学
编　　辑：高蓉、林露
作品时长：26分17秒
刊播栏目：《声动福建》
首发日期：2020年10月14日

作品简介

节目以脱贫攻坚为主线，将“摆脱贫困与政党的责任”国际理论研讨会动态新闻与福建脱贫攻坚的典型事例、典型人物故事有机串联在一起，立意鲜明，主题深刻，受到了广泛好评，也获得了业内专家的肯定。

新媒体展示

使用手机扫描下方二维码，即可观看本条获奖作品的新媒体展示。

获奖理由

节目集纳历史与现在，综合宏观和微观，精心组织编排，层层递进深入。作品既有历史的纵深，又有厚度和内涵。编排主题鲜明，条理清晰灵动，站位高、格局大，既有独特的地域特点，又有宽阔的国际视野。

一墙之隔　两种景象

作品信息

作品类型：二等奖·电视消息
刊播单位：江西广播电视台
报送单位：江西省新闻工作者协会
作　　者：赵洪潭、易义华、高磊、张晓琪、杨汉青
编　　辑：肖麟、黄燕、周东
作品时长：3分57秒
刊播栏目：江西新闻频道《新闻大搜索》
首发日期：2020年12月31日

江西广播电视台

作品简介

节目准确客观地对比“一墙之隔”的两个村庄在不同治理模式下出现的巨大差异，生动报道栽西村秀美乡村理事会做村民思想工作、众筹建房资金、数字化治理村庄的创新实践，让观众深刻感受到基层党组织凝聚各方力量，创新治理体制，实现基层治理现代化和长效化的重要性。

获奖理由

作品主题重大，立意深远；独家发现，角度新颖；技术赋能，反响强烈。报道把“乡村振兴”的宏大主题通过鲜明的对比烘托出来，有思想深度，有鲜活细节，取得了良好的社会效果。

新媒体展示

使用手机扫描下方二维码，即可观看本条获奖作品的新媒体展示。

新疆第三条沙漠公路建设与环保“同行”

作品信息

作品类型：二等奖 · 电视消息
刊播单位：新疆生产建设兵团广播电视台
报送单位：新疆生产建设兵团新闻工作者协会
作　　者：郭惠婷、李亚军、陈成、潘玉
编　　辑：陈成、李亚军
作品时长：3 分 59 秒
刊播栏目：兵团综合广播《兵团新闻联播》
首发日期：2020 年 10 月 2 日

作品简介

记者通过跟踪采访，拍摄了大量鲜活的素材，获得了第一手内容；画面有冲击力，整篇报道多层面、多维度地反映了新疆第三条沙漠公路建设与环保“同行”的生动实践。

新媒体展示

使用手机扫描下方二维码，即可观看本条获奖作品的新媒体展示。

获奖理由

作品选题意义重大、立意高远、角度新颖、独辟蹊径，从环保的角度入手，向观众呈现“绿水青山就是金山银山”理念在新疆落地生根、深入人心的生动实践。报道采访扎实，叙事清晰且有丰富的细节。

写信告诉总书记：我们毛南族脱贫了！

作品信息

作品类型：二等奖 · 电视消息
刊播单位：广西广播电视台
报送单位：广西新闻工作者协会
作　　者：集体
编　　辑：集体
作品时长：3 分 57 秒
刊播栏目：新闻频道《新闻在线》
首发日期：2020 年 5 月 22 日

广西广播电视台
GUANGXI RADIO AND TELEVISION

作品简介

该作品展示了在党的领导下，我国脱贫攻坚以及少数民族事业发展取得的又一伟大成就，展示了人民领袖的“一枝一叶总关情”，以及少数民族群众对党中央和总书记的衷心拥护和爱戴之情。

获奖理由

该作品敏锐地抓住习近平总书记对毛南族实现整族脱贫作出重要指示这一重大新闻事件的契机，深入挖掘典型故事，案例生动有代表性，人物表达凝练有冲击力，夹叙夹议，说服力强，振奋人心，社会反响十分强烈。

新媒体展示

使用手机扫描下方二维码，即可观看本条获奖作品的新媒体展示。

成功了！
珠峰高程测量登山队今天登顶

作品信息

作品类型：二等奖 · 电视消息
刊播单位：中央广播电视总台(央视)
报送单位：中央广播电视总台
作　　者：集体
编　　辑：张昊、朱东一、秦晓猛
作品时长：2 分 17 秒
刊播栏目：综合频道《晚间新闻》
首发日期：2020 年 5 月 27 日

中央广播电视总台
CHINA MEDIA GROUP

作品简介

总台报道团队坚守在珠峰大本营 44 天，历经三次冲顶，两次未果。报道团队紧紧抓住现场激动人心的细节，全力保留了珠峰峰顶的原生态纪录画面，完整再现了登顶和测量，特别是冒着生命危险采集关键数据的过程。

新媒体展示

使用手机扫描下方二维码，即可观看本条获奖作品的新媒体展示。

获奖理由

该报道是“短、实、新”的代表作，特别是5G 技术带来的珠峰峰顶多视角现场画面宝贵而丰富；同期声鲜活，电视元素运用充分，具有丰富性、时效性、感染力和吸引力；稿件的字斟句酌体现出总台记者高度的责任感和使命感。

求才 莫让才求人

作品信息

作品类型：二等奖 · 电视评论
刊播单位：山东广播电视台
报送单位：山东省新闻工作者协会
作　　者：商晓虎、吕兖周、关霄、丁宏娟
编　　辑：杨帅、丁宏娟、陈琛
作品时长：11 分 23 秒
刊播栏目：电视公共频道《民生直通车》
首发日期：2020 年 12 月 23 日

作品简介

2014 年，青岛市建起海尔时代风景小区人才公寓，吸引许多高学历人才购房居住就业，之后却产生户口问题。6 年时间里，人才们奔走于各部门寻求解决的办法。该评论以青岛市招引人才过程中出现的问题为例，深入调查，深刻评论。

获奖理由

该评论直击人才制度改革中的痛点、难点、堵点，有启发意义；叙述生动，发挥了电视评论的特长，现场感强；有理有据，评论依据事实，观点鲜明，令人信服；效果正面，在直面问题中解决问题，体现了舆论监督和正面宣传的统一。

新媒体展示

使用手机扫描下方二维码，即可观看本条获奖作品的新媒体展示。

鄱阳湖最后的渔民

作品信息

作品类型:二等奖·电视新闻专题
刊播单位:江西广播电视台
报送单位:江西省新闻工作者协会
作　　者:袁进涛、周东、余超、丁越、田凌凌
编　　辑:金石明、刘志刚
作品时长:21 分 40 秒
刊播栏目:都市频道《晚间 800》
首发日期:2020 年 12 月 24 日

江西广播电视台

作品简介

长山村位于鄱阳湖东南部的长山群岛上,是一个有着五百多年历史的渔村。纪录片《鄱阳湖最后的渔民》讲述了以杨志兵一家为典型代表的长山岛渔民,从反对禁捕退捕,到理解和接受,再到奋力转产转业的故事。

新媒体展示

使用手机扫描下方二维码,即可观看本条获奖作品的新媒体展示。

获奖理由

该片题材重大、主题深刻、叙事流畅、视角独特、画面精美。主创人员五十余次深入鄱阳湖区,与主人公同吃同住、全程记录,体现了媒体工作者践行“四力”的职业精神。该片是一部优秀的“上接天线、下接地气”的新闻纪实作品。

第一书记种瓜记

作品信息

作品类型：二等奖 · 电视新闻专题
刊播单位：江苏省广播电视总台（集团）
报送单位：江苏省新闻工作者协会
作　　者：姜超楠、戴玲燕、李扬、董晓、刘堃
编　　辑：许宵鹏
作品时长：8 分 5 秒
刊播栏目：江苏卫视《新闻眼》
首发日期：2020 年 7 月 21 日

江苏省广播电视总台（集团）
JiangSu Broadcasting Corporation

作品简介

作品聚焦江苏连云港张兴村第一书记丁先锋，通过讲述他和老党员带领村民种瓜，增加村集体收入、改善低收入户生活的故事，反映了决战决胜脱贫攻坚、全面建设小康社会征途中，基层党员干部务实为先、冲锋在前的精神面貌。

获奖理由

面对脱贫攻坚这一宏大命题，《第一书记种瓜记》用极具新意的表达方式、幽默真挚的独特视角，呈现脱贫攻坚中党员群众的干劲儿和拼劲儿。该专题别具一格，有力度、有温度，取得了出色的传播效果。

新媒体展示

使用手机扫描下方二维码，即可观看本条获奖作品的新媒体展示。

2020 我们的“大考”
——我与我的驻村队员父亲

作品信息

作品类型：二等奖 · 电视新闻专题
刊播单位：云南广播电视台
报送单位：云南省新闻工作者协会
作　　者：马宁、金继坚、王杰、赵琨、梁琦
编　　辑：马宁
作品时长：11 分 34 秒
刊播栏目：都市频道《都市条形码》
首发日期：2020 年 8 月 21 日

作品简介

高三学生袁景瑞的父亲袁明磊是曲靖卷烟厂选派到会泽县驻村扶贫的第一名工作队队员。报道记录了父女共同的“大考”之年——高考和决战决胜脱贫攻坚，讲述了普通扶贫队员的女儿对父亲的工作从不理解、委屈到理解、支持的故事。

新媒体展示

使用手机扫描下方二维码，即可观看本条获奖作品的新媒体展示。

获奖理由

作品巧用叙事手法，通过“作文”、父女二人的采访等把大背景巧妙穿插进来，将脱贫攻坚的故事娓娓道来，情感记录真实感人。作品通过对脱贫路上的典型人物的报道，反映决战决胜脱贫攻坚的坚定信念与必胜决心。

守住长城

作品信息

作品类型：二等奖·电视新闻专题
刊播单位：河北广播电视台
报送单位：河北省新闻工作者协会
作　　者：集体
编　　辑：陆平、张刚
作品时长：14 分
刊播栏目：都市频道《都市 315》
首发日期：2020 年 10 月 2 日

作品简介

作品以纪实的手法，讲述了“长城守护第一人”张鹤珊历时 40 年，行走 20 多万公里，并在保护长城的过程中，发现自己是守卫长城的戚继光的义乌兵后代的独家故事。

获奖理由

作品主题突出，意义深刻，叙述手法很贴地气，揭示了习近平总书记“长城、长江、黄河等都是中华民族的重要象征，是中华民族精神的重要标志”讲话的深刻内涵。真实事件的故事化表达使作品具有感染力、亲和力和回味性。

新媒体展示

使用手机扫描下方二维码，即可观看本条获奖作品的新媒体展示。

红区

作品信息

作品类型：二等奖 · 电视新闻专题
刊播单位：上海广播电视台
报送单位：上海市新闻工作者协会
作　　者：集体
编　　辑：范士广、周全
作品时长：40 分 35 秒
刊播频道：东方卫视
首发日期：2020 年 5 月 21 日

作品简介

《红区》是《人间世》抗疫特别节目的第一集，记录了在同济医院光谷院区的重症监护室，一位 81 岁的老人因为糖尿病整条右腿出现坏疽，上海、武汉两地医护人员齐心协力，终于创造出手术条件，挽救了老人生命的故事。

新媒体展示

使用手机扫描下方二维码，即可观看本条获奖作品的新媒体展示。

获奖理由

该作品内容翔实，在人物的塑造和细节的捕捉方面尤为出色，以特有的语态为观众带来了不一样的视角和思考。此外，摄制组还分别制作了该片的不同版本在海外播出，向外界充分展示了中国人民伟大的抗疫精神。

牢记嘱托　脱贫攻坚

作品信息

作品类型：二等奖·电视新闻专题
刊播单位：中央广播电视总台(央视)
报送单位：中央广播电视总台
作　　者：王宁、王文佳、皮望星、李静、宁柯、王守城、刘文
编　　辑：集体
作品时长：15 分
刊播栏目：综合频道《焦点访谈》
首发日期：2020 年 8 月 10 日

作品简介

作品聚焦总书记走过的 11 个贫困村脱贫攻坚的过程，见证了村子脱贫后旧貌变新颜的巨大变化，真实地反映了乡亲们脱贫后的新生活；作品将视角放在普通人身上，真实记录干部群众齐心协力脱贫攻坚的故事。

获奖理由

节目通过生动鲜活的故事，将波澜壮阔的脱贫攻坚战以小切口大出口的表现手法呈现出来，让受众产生共情、共振，真切感受到在中国共产党的领导下，发挥制度优势解决几千年以来没有解决的贫困问题的坚强决心和一心为民的初心。

新媒体展示

使用手机扫描下方二维码，即可观看本条获奖作品的新媒体展示。

大法官开庭
——湘西扫黑风云

作品信息

作品类型：二等奖·电视新闻专题
刊播单位：中央广播电视总台（央视）
报送单位：天津师范大学新闻传播学院
作　　者：张颖、白敏、朱海峰、李政林、李绍鹏
编　　辑：张颖、白敏
作品时长：1 时 24 分
刊播栏目：综合频道《今日说法》
首发日期：2020 年 12 月 4 日

作品简介

本片采访和记录了湖南省高级人民法院院长、二级大法官田立文审理一起扫黑大案时的周密准备、实地调查、庭审实录及其司法理念，剖析了案中黑恶势力盘踞湘西 20 年的成因与危害，展现了 3 年来扫黑除恶专项斗争的成果。

新媒体展示

使用手机扫描下方二维码，即可观看本条获奖作品的新媒体展示。

获奖理由

该专题节目题材重大、制作精良，以极具特色的法治视角践行了习近平总书记“推动扫黑除恶常态化，持之以恒、坚定不移打击黑恶势力及其保护伞，让城乡更安宁、群众更安乐”的讲话精神。

路不修通　决不收兵

作品信息

作品类型：二等奖 · 电视新闻访谈节目
刊播单位：重庆广播电视集团(总台)
报送单位：中国广播电视社会组织联合会
作　　者：张嘉、廖洋益、李旭、徐毅、王晨
编　　辑：傅了、李臻、杨曦
作品时长：10 分
刊播栏目：《重庆专访》
首发日期：2020 年 12 月 11 日

作品简介

24 年前，乌山县竹贤乡下庄村党支部书记毛相林带领全村村民，用了 7 年时间在悬崖绝壁前凿通了一条看似不可能修通的路，使小村庄不再与世隔绝，村民摆脱了贫困，毛相林也被评为全国“时代楷模”。

获奖理由

有故事的人物、有震撼力的画面、有细节的访谈是该作品获得成功的原因。报道呈现了当年修路的感人细节，展现了村里带头人不贪图个人发展的情怀，以及全村人为了摆脱贫困不等不靠的勇气和决心。

新媒体展示

使用手机扫描下方二维码，即可观看本条获奖作品的新媒体展示。

从志强：划火柴的人

作品信息

作品类型：二等奖 · 电视新闻访谈节目
刊播单位：宁波电视台
报送单位：中国广播电视社会组织联合会
作　　者：何星烨、丁杨明、蔡志飞、田丰、吴金城、金诚、张馨予
编　　辑：李可、徐明明、高红明
作品时长：17 分 29 秒
刊播栏目：《看看看》
首发日期：2020 年 12 月 19 日

作品简介

中国人民大学副教授丛志强的“融合设计 · 艺术振兴乡村”课题，入选国务院扶贫办携手奔小康行动案例、浙江省乡村振兴十大模式。作品展现了其开展课题研究的初心和缘起、实践探索中的失落与困惑，以及取得突破并加以推广的全过程。

新媒体展示

使用手机扫描下方二维码，即可观看本条获奖作品的新媒体展示。

获奖理由

作品找到了热门题材与众不同的角度，于极大的反差间铺陈开闪耀人文光芒、注解发展密码的故事，顺理成章且引人深思。节目脉络清晰顺畅，真实感人，兼具厚度、深度和温度，不失为一个娓娓道来、启迪心智的好故事。

冲刺1500公斤
——袁隆平团队第三代杂交稻测产

作品信息

作品类型：二等奖·电视新闻现场直播
刊播单位：湖南广播电视台
报送单位：中国广播电视社会组织联合会
作　　者：集体
编　　辑：杨亚玲、汤牧、王昊旸、张莉、杨明睿、黄嘉帆
作品时长：56分27秒
刊播栏目：特辟时间
首发日期：2020年11月2日

湖南广播电视台
Hunan Broadcasting System

作品简介

11月2日中午，袁隆平院士团队第三代杂交水稻新组合试验在衡南基地开展测产，创下双季杂交稻世界高产纪录。节目紧扣国家粮食安全这一重大主题，通过直播介绍了杂交稻攻关成绩和湖南为国家粮食安全所作的贡献。

获奖理由

直播地点设在演播室和测产现场，虚拟和实景相得益彰，嘉宾点评精准到位，形式新颖，可看性强；题材重大，立意高远，紧扣测产事件进程，层层设置悬念，展示了中国人将饭碗牢牢端在自己手上的实力和信心。

新媒体展示

使用手机扫描下方二维码，即可观看本条获奖作品的新媒体展示。

2020 年 11 月 21 日《新闻报道》

作品信息

作品类型：二等奖 · 电视新闻节目编排
刊播单位：上海广播电视台
报送单位：中国广播电视社会组织联合会
作　　者：集体
编　　辑：朱奇、吴健、高敏、殷大海、宁杰、刘佳琳、谈澄波
作品时长：41 分
刊播栏目：《新闻报道》
首发日期：2020 年 11 月 21 日

SMG

作品简介

作品权威发布上海新增两例本土病例的情况以及上海采取的应对措施，及时消除了公众的疑虑；还播发了市政府 26 项实事项目提前超额完成、举办自行车公开赛等消息，体现了疫情防控常态化之下的社会百态。

新媒体展示

使用手机扫描下方二维码，即可观看本条获奖作品的新媒体展示。

获奖理由

作品用特色板块形成段落，用组合报道结构板块，充分挖掘新闻价值及其内在联系，五大板块合理分割时间，主题突出、层次分明、节奏流畅，实现了新闻报道快与深的结合，构成了既及时又有力量的信息传播格局。

你在天堂听到了吗？“一个人”的演出 五个人的乐队

作品信息

作品类型：二等奖 · 网络新闻专题
刊播单位：华龙网
报送单位：国家互联网信息办公室网络传播局
作　　者：张一叶（张勇）、刘颜、张译文、董进、佘振芳、孙柯、王玮
编　　辑：康延芳、陈程、刘国飞
刊播平台：华龙网
首发日期：2020 年 10 月 20 日

作品简介

作品讲述了跨国捐献器官以及受捐者为捐献者圆梦的故事。作品通过 AR 虚拟成像技术、移动直播技术，将澳大利亚捐献者“还原”，与五位中国受捐者“同台”演出，捐献者父母与其跨时空团圆，体现了中澳之间跨越山海的友谊。

获奖理由

该专题报道立意深远、内容丰富、设计精美，运用新媒体技术，联动海内外媒体，实现了广泛传播，极具社会价值。这是一次“四全媒体”的有力实践，是创新正能量故事报道的有益探索。

新媒体展示

使用手机扫描下方二维码，即可观看本条获奖作品的新媒体展示。

似是故人来

作品信息

作品类型：二等奖·网络新闻专题
刊播单位：中国网
报送单位：国家互联网信息办公室网络传播局
作　　者：王晓辉、詹海涛、胡俊峰、李芳、李汀、姜壹平、李乐
编　　辑：詹海涛、胡俊峰、李芳
作品时长：34 分、35 分 39 秒、29 分 44 秒
刊播平台：中国网
首发日期：2020 年 7 月 21 日

作品简介

大型实景文化访谈纪录节目《似是故人来》根据文化艺术领域新闻热点，以“实地走访＋现场对话＋主持人述评”的方式，通过主持人与嘉宾的交流互动，带领观众走入文化世界，剖析中华文化内涵，体会中华文化的博大精深。

新媒体展示

使用手机扫描下方二维码，即可观看本条获奖作品的新媒体展示。

获奖理由

该节目着眼文化自信和文化强国大局，从顶层设计的角度出发，剖析中华优秀传统文化，在保持节目站位高度的同时，从新闻热点、相关话题等细节着手，进行内容组织，并以纪实的艺术风格，贴近广大人民群众。

人民记忆：百年百城

作品信息

作品类型：二等奖・网络新闻专题
刊播单位：中央广播电视总台
报送单位：国家互联网信息办公室网络传播局
作　　者：集体
编　　辑：王佐亚、张哲瀚、刘婉婷
作品时长：1分40秒、1分40秒、1分40秒
刊播平台：央视网
首发日期：2020年11月24日

作品简介

《人民记忆：百年百城》围绕脱贫攻坚、经济发展、民主法治、社会民生、文化传承、生态文明、党的建设七个领域，以系列短视频方式展开报道，用微观视角展现宏观成就，通过真实画面、有力数据，展现了城市的发展变迁。

获奖理由

该专题策划恰逢百年交汇之际，作品以城市变迁映照中国共产党领导下各项事业蓬勃兴旺的现实，主题鲜明、节奏明快、品质优良，充分展现了中国共产党带领人民奔小康的发展成就。

新媒体展示

使用手机扫描下方二维码，即可观看本条获奖作品的新媒体展示。

家，告别悬崖

作品信息

作品类型：二等奖 · 页(界)面设计
刊播单位：四川在线
报送单位：国家互联网信息办公室网络传播局
作　　者：沈晓颖、阳博、彭坤
编　　辑：金婵娟、田珊、陈昶、邓强
刊播平台：四川在线
首发日期：2020 年 5 月 21 日

作品简介

该聚合类专题页面表现了四川“悬崖村”的变迁。页面凸显视觉化表达，探索影片式表现形式，采用全屏自适应设计，用整体板块式动画进行页面切换，展示了新闻稿件、航拍视频、高清图集、原创评论、微纪录片等多种内容。

新媒体展示

使用手机扫描下方二维码，即可观看本条获奖作品的新媒体展示。

获奖理由

该作品将新闻性、艺术性与网络特点有机结合。作品的板块结构、页面切换动效都富有创新性，使用高清图片、航拍视频、动态数据等元素，内容丰富、脉络清晰，具有很强的视觉冲击力与感染力，整体浏览流畅，阅读体验良好。

燃燃燃燃燃！一张长图带你攀登“地球之巅”

作品信息

作品类型：二等奖 · 页（界）面设计
刊播单位：央视新闻微信公众号
报送单位：国家互联网信息办公室网络传播局
作　　者：李浙、蒋安琪、李婷婷
编　　辑：蒋安琪、李婷婷
刊播平台：央视新闻微信公众号
首发日期：2020 年 5 月 27 日

作品简介

该实景化长图以攀登珠峰为主题，与中国珠峰高程测量登山队成功登顶珠穆朗玛峰的快讯相结合，使用手机屏幕倒置的阅读方式，让观众体验到“爬山”的真实感。该作品借由快讯的流量迅速传播，长图形式也丰富了新闻内容。

获奖理由

该作品设计简明却创意性、互动性、新闻性十足，运用多种创新手法，在传播样态和图片形式上都进行了探索，并利用新媒体平台的交互特点，将长图和快讯融为一体，收获了极佳的综合传播效果，也创造了优异的传播成绩。

新媒体展示

使用手机扫描下方二维码，即可观看本条获奖作品的新媒体展示。

地震瞬间,她们抱出26个新生儿:要把孩子的安全置于我们之上!

作品信息

作品类型:二等奖 · 短视频现场新闻
刊播单位:动静客户端
报送单位:中华全国新闻工作者协会新媒体专业委员会
作　　者:李艺、曾明
编　　辑:苏姝、孔薇
作品时长:1 分 16 秒
刊播平台:动静客户端
首发日期:2020 年 7 月 3 日

作品简介

该作品通过核心当事人的同期声采访、事发时的监控画面、多渠道收集的现场照片,表现了医护人员在地震发生瞬间不顾个人安危,将婴儿安全放在第一位,专业处置、有序撤离的全过程。

新媒体展示

使用手机扫描下方二维码,即可观看本条获奖作品的新媒体展示。

获奖理由

该作品通过多种要素和场景的组合,第一时间还原了事件全过程,表现了危急关头医护人员的专业和敬业。视频以儿科主任"我们要把他们的安全置于我们的生命之上"的同期声作为结尾,点题升华,打动人心。

泪目！如果我不幸倒在武汉 请把我骨灰无菌处理撒在长江

作品信息

作品类型：二等奖·短视频现场新闻
刊播单位：时刻新闻客户端
报送单位：中华全国新闻工作者协会新媒体专业委员会
作　　者：何青、周逸峰、李璐
编　　辑：刘良骏
作品时长：32 秒
刊播平台：时刻新闻客户端
首发日期：2020 年 2 月 11 日

作品简介

湖南小伙郑能量在微信朋友圈立下"生死状"后，独自奔赴武汉，成为一名志愿者。记者敏锐捕捉新闻点，第一时间获得第一手的新闻视频素材，精心策划视频配文及背景音乐，树立了典型，实现了正能量传播。

获奖理由

这是讲述抗疫志愿者故事的正能量作品。作品将主人公的自拍视频进行编辑加工，补齐事件背景、人物经历、文字音乐等要素，使之具有极强的冲击力、感染力。专业高效的新闻处理手法和分发渠道，使该作品破圈热传，感动激励了观众。

新媒体展示

使用手机扫描下方二维码，即可观看本条获奖作品的新媒体展示。

彻夜救援 台州无眠

作品信息

作品类型：二等奖 · 短视频现场新闻
刊播单位：无限台州新闻客户端
报送单位：中华全国新闻工作者协会新媒体专业委员会
作　　者：王以军、高鲜朝、牟毅
编　　辑：周建业、胡舜文、郭颖
作品时长：3 分
刊播平台：无限台州新闻客户端
首发日期：2020 年 6 月 14 日

作品简介

台州槽罐车爆炸事故发生后，记者第一时间赶到现场，分四组全程记录，分别拍摄了事故现场搜救、省市领导指挥救援、医院救治等素材。后方团队根据现场传回的资料，及时高效地制作出以“救援直击”为主线的短视频。

新媒体展示

使用手机扫描下方二维码，即可观看本条获奖作品的新媒体展示。

获奖理由

该 3 分钟原创短视频时间线清晰，画面内容翔实，多段现场声串联起救援场景，极具冲击力，完整再现了惊心动魄、争分夺秒的救援过程。视频新闻价值高，传播效果好，较为充分地发挥了短视频新闻的优势。

上海医疗救治专家组组长：一线岗位全部换上党员，没有讨价还价！

作品信息

作品类型：二等奖·短视频现场新闻
刊播单位：第一财经客户端
报送单位：中华全国新闻工作者协会新媒体专业委员会
作　　者：孙冀、石留骏
编　　辑：刘若鹏
作品时长：1分40秒
刊播平台：第一财经客户端
首发日期：2020年1月29日

作品简介

作品用短视频的报道方式，精准地剪辑出张文宏医生的精彩发言。他简单的几句话阐明了一名共产党员应有的作为和样子，极大地鼓舞了一线医护工作人员，提振了全社会抗击疫情的士气和坚决打赢新冠肺炎疫情阻击战的决心。

获奖理由

作品抓住张文宏医生所阐述的“疫情面前一名共产党员应有的作为和样子”的关键点与共情点，制作成短视频，唱响了主旋律，弘扬了正能量，时效性强、现场感强，在全社会产生巨大反响。

新媒体展示

使用手机扫描下方二维码，即可观看本条获奖作品的新媒体展示。

武汉志工：年三十瞒着家人出门　服务首日腿抖一天

作品信息

作品类型：二等奖・短视频专题报道
刊播单位：中国新闻网客户端
报送单位：中华全国新闻工作者协会新媒体专业委员会
作　　者：孙恒业、张纬宇、张昂
编　　辑：齐彬、王玉平
作品时长：6 分 1 秒
刊播平台：中国新闻网客户端
首发日期：2020 年 2 月 11 日

作品简介

作品平实质朴地记录了快递员汪勇为医护人员四处奔波的感人场景，呈现了他从害怕、犹豫到坚定的心路历程，以及他瞒着家人的心酸、被医护人员所感动的种种过往。视频细节感人至深，体现出疫情下平凡人的闪光之处。

新媒体展示

使用手机扫描下方二维码，即可观看本条获奖作品的新媒体展示。

获奖理由

记者践行“四力”要求，发现线索后独家首发，持续跟拍，深度对话。短片有细节有现场，催人泪下，感人至深。该作品是近年来比较突出的引发国内外媒体广泛关注的正能量短视频佳作。

光影记忆

作品信息

作品类型：二等奖 · 短视频专题报道
刊播单位：北京日报客户端
报送单位：中华全国新闻工作者协会新媒体专业委员会
作　　者：张鹏、杨萌、孙昊、孟紫薇
编　　辑：张鹏、杨萌、孙昊、孟紫薇
作品时长：11 分 55 秒
刊播平台：北京日报客户端
首发日期：2020 年 8 月 14 日

作品简介

短视频微纪录片《光影记忆》以不同历史时期的影像资料为基础，讲述老照片背后鲜为人知的故事，秉承小瞬间见证大时代的定位，重现重要历史事件、重要新闻事件中的经典瞬间。

获奖理由

《光影记忆》以短视频微纪录片的形式，抓住新闻热点，紧扣时代脉搏，从历史的角度关注当下，展现出中国崛起进程中的动人细节。节目制作集合文字、图片、剪辑、设计、录制、合成等形式，时间短、节奏快，引人入胜。

新媒体展示

使用手机扫描下方二维码，即可观看本条获奖作品的新媒体展示。

第一书记

作品信息

作品类型：二等奖 · 短视频专题报道
刊播单位：新华社客户端
报送单位：中华全国新闻工作者协会新媒体专业委员会
作　　者：集体
编　　辑：集体
作品时长：18 分 17 秒
刊播平台：新华社客户端
首发日期：2020 年 10 月 24 日

作品简介

《第一书记》系列微纪录片将驻村第一书记典型代表的故事凝聚于六个主题中。拍摄全程真实记录、捕捉故事细节，并创新采用影视化手法，赋予纪录片新闻的灵魂和电影的外表，鲜活展现“英雄出自平凡”的时代精神。

新媒体展示

使用手机扫描下方二维码，即可观看本条获奖作品的新媒体展示。

获奖理由

《第一书记》采用影视化手法表现脱贫攻坚重大主题，通过故事人物化、细节情感化的叙事方式建构宏大主题，以“视频＋创意海报＋亮点动图＋标语式题目”的组合手段引发受众共鸣，为脱贫攻坚伟大决战记录一线感人故事。

说“彝”解字：这间“房”有丝也有粮

作品信息

作品类型：二等奖 · 短视频专题报道
刊播单位：四川观察客户端
报送单位：中华全国新闻工作者协会新媒体专业委员会
作　　者：集体
编　　辑：邓雅薪、薛怀刚
作品时长：3 分 36 秒
刊播平台：四川观察客户端
首发日期：2020 年 11 月 17 日

作品简介

作品从“彝”字入手，以拆字解字的创意视频形式展现彝区的巨大变化，由“彝”字串联起两代领导人对一个民族的情愫，展现了脱贫攻坚给彝族群众带来的幸福生活。

获奖理由

作品通过创意制作，以小见大、生动鲜活地展现了四川彝族地区脱贫之后人们的幸福生活。短视频富有民族风韵，画面精美，构思精巧，是一部匠心独运的移动端创意之作。

新媒体展示

使用手机扫描下方二维码，即可观看本条获奖作品的新媒体展示。

今天，发条微信一起点亮武汉

作品信息

作品类型：二等奖 · 创意互动
刊播单位：人民日报社
报送单位：中华全国新闻工作者协会新媒体专业委员会
作　　者：胡洪江、胡程远、朱田恬、王鹏、靳萍萍、黄元、郑海昱
编　　辑：崔鹏、蒋川
刊播平台：人民日报微信公众号
首发日期：2020 年 4 月 7 日

作品简介

2020 年 4 月 7 日 22 时许，在武汉即将正式解除离汉离鄂通道管控前，人民日报微信公众号推出创意互动产品《今天，发条微信一起点亮武汉》。用户点击海报图片，即可将武汉地标建筑的图片由黑白变为彩色，实现点亮武汉的效果。

新媒体展示

使用手机扫描下方二维码，即可观看本条获奖作品的新媒体展示。

获奖理由

用户通过用手指轻击海报，就能参与到点亮武汉、为武汉加油助力的情境中。从昏暗到光明的转换过程直抵用户内心，引发用户强烈的情感共鸣，精准戳中疫情下国人柔软的内心。

疫情 24 小时

作品信息

作品类型：二等奖·创意互动
刊播单位：中央广播电视总台
报送单位：中华全国新闻工作者协会新媒体专业委员会
作　　者：集体
编　　辑：集体
刊播平台：央视频客户端
首发日期：2020 年 1 月 27 日

CMG
中央广播电视总台
CHINA MEDIA GROUP

作品简介

《疫情 24 小时》这款新媒体互动产品，在新冠肺炎疫情爆发后，先后共上线 7 路慢直播镜头，其中有 2 路 VR 镜头，持续 117 天，24 小时不间断地展现火神山、雷神山两家抗疫医院争分夺秒抓紧建设的情况。

获奖理由

该作品以见证火神山、雷神山医院崛起系列慢直播为主体，使慢直播成为媒体报道的新形态，并催生了年度热词“云监工”。作品展现了公开透明的政府形象以及与疫情赛跑的中国速度，营造出万众一心、众志成城的舆论氛围。

新媒体展示

使用手机扫描下方二维码，即可观看本条获奖作品的新媒体展示。

走村直播看脱贫

作品信息

作品类型：二等奖 · 融合创新
刊播单位：中央广播电视总台
报送单位：中华全国新闻工作者协会新媒体专业委员会
作　　者：集体
编　　辑：集体
刊播平台：央视财经客户端
首发日期：2020 年 7 月 25 日

中央广播电视总台
CHINA MEDIA GROUP

作品简介

《走村直播看脱贫》大型融媒体报道行动，政治站位高、主题把握牢、选题角度巧、表现形式新、创新亮点多、影响范围大、宣传效果好，推动大小屏内容统一管理、统一规划、统一供稿，在融合传播上有创见。

新媒体展示

使用手机扫描下方二维码，即可观看本条获奖作品的新媒体展示。

获奖理由

《走村直播看脱贫》紧紧围绕全面建成小康社会、决战决胜脱贫攻坚的重大主题，勇于创新，用直播大篷车下乡的传播方式，展现 20 多个省、区、市交出的脱贫致富答卷。作品形式新颖，深受当地干部群众的欢迎。

是这个理

作品信息

作品类型：二等奖·融合创新
刊播单位：湖北广播电视台
报送单位：湖北广播电视台
作　　者：集体
编　　辑：集体
刊播平台：长江云客户端
首发日期：2020年4月1日

作品简介

《是这个理》作为一款融合创新作品，由湖北省社会科学联合会、长江云联合推出。《是这个理》从社科专家的视角出发，探求普通人心中的“理”，目前已上线15款系列作品。

获奖理由

该作品充分发挥了湖北省社会科学联合会的作用，积极推动宣传习近平新时代中国特色社会主义思想不断走深走实，做到了深入宣传新思想，切实增强“四个意识”，坚定“四个自信”，践行“两个维护”。

新媒体展示

使用手机扫描下方二维码，即可观看本条获奖作品的新媒体展示。

独家 VR 互动视频！身临其境，海陆空全景围观平潭海峡公铁大桥

作品信息

作品类型：二等奖 · 融合创新
刊播单位：福建省广播影视集团
报送单位：中华全国新闻工作者协会新媒体专业委员会
作　　者：高佳丽、郑溦、唐征宇、陈永平、李子青
编　　辑：王丽美、赵林、邓金木
刊播平台：海博 TV
首发日期：2020 年 12 月 26 日

福建省广播影视集团
FUJIAN MEDIA GROUP

作品简介

该作品通过第一 VR 视角，从海、陆、空、高铁四个场景 720 度全景呈现大桥的全貌。用户通过 H5 制作的 VR 视频互动作品，可以身临其境地体验机长、船长、动车司机的角色，感受大桥英姿和建设难度，体验感强，趣味性十足。

新媒体展示

使用手机扫描下方二维码，即可观看本条获奖作品的新媒体展示。

获奖理由

该作品的最大特色是采用 VR 视频的方式，对平潭海峡公铁大桥这一祖国大陆离台湾最近的跨海公铁两用大桥进行报道，使用户获得身临其境的多角度观赏体验。该作品报道手法新颖，制作技术难度大，互动性强，传播效果良好。

创意海报|这些痕迹，刻在你脸上，痛在我心里

作品信息

作品类型：二等奖 · 融合创新
刊播单位：湖南日报社
报送单位：中华全国新闻工作者协会新媒体专业委员会
作　　者：刘颖、陈青青、李健、唐俊、傅聪、童迪
编　　辑：颜斌、李勇
刊播平台：新湖南客户端
首发日期：2020 年 2 月 2 日

湖南日报

作品简介

该作品运用面部特写镜头，以一线医护人员摘取口罩后的勒痕为主线，通过他们脸上深深浅浅的勒痕、坚毅温柔的眼神、略显疲惫的微笑，传递温暖和信心，直击受众心灵，引发强烈的情感共鸣。

获奖理由

这组海报的新闻性、时效性很强，湖南日报社新湖南客户端在全国媒体里最早捕捉到这一令人动容的细节，并以新闻创意海报的形式，为人们留下了抗疫过程中具有标志性的历史画面。

新媒体展示

使用手机扫描下方二维码，即可观看本条获奖作品的新媒体展示。

清零！
中国所有贫困县脱贫

作品信息

作品类型：二等奖 · 国际传播
刊播单位：新华通讯社
报送单位：新华通讯社
作　　者：周而捷、胡星、向定杰
编　　辑：吕传忠、李来房、娄琛
作品字数：547 字
首发日期：2020 年 11 月 23 日

作品简介

该作品聚焦脱贫攻坚重大主题，抓住中国所有剩余贫困县脱贫摘帽这一关键节点采写重磅消息，政治站位高，视角宏观，标题简洁大气，突出了新闻点。作品以生动故事、必要背景和客观评价，彰显了中国打赢脱贫攻坚战举世瞩目的成就。

新媒体展示

使用手机扫描下方二维码，即可观看本条获奖作品的新媒体展示。

获奖理由

该作品以凝练流畅的文风、具有历史纵深感的表述，记录了中国打赢脱贫攻坚战的关键节点，被境外媒体广泛转载，对我国脱贫攻坚事业起到了积极正面的传播效果。

美方制造矛盾的错误心态贻害无穷

作品信息

作品类型：二等奖·国际传播
刊播单位：人民日报社
报送单位：人民日报社
作　　者：胡泽曦
编　　辑：吴绮敏、裴广江
作品字数：1130 字
刊播版面：要闻 3 版
首发日期：2020 年 3 月 18 日

作品简介

《人民日报》密切关注美方挑起并升级对华“媒体战”相关动态，科学研判国际舆论对美方举动的反应，抓住中方出台反制措施这一重要节点，组织撰写本文，真正起到了有效配合外交工作大局的作用。

获奖理由

该作品在重大涉我问题上权威发声，坚决维护中方正当权益，牢牢占据了国际道义制高点。文章刊发后引起国际舆论广泛关注，真正起到了有效配合外交工作大局的作用。

新媒体展示

使用手机扫描下方二维码，即可观看本条获奖作品的新媒体展示。

Liu Xin Investigates: The Untold Story of the Meng Wanzhou Case (刘欣调查:孟晚舟案不为人知的细节)

作品信息

作品类型:二等奖 · 国际传播
刊播单位:中央广播电视总台(央视)
报送单位:中央广播电视总台
作　　者:范昀、梅焰、刘欣、徐花、梁美令、孙兰迪、沈潇迪
编　　辑:刘宇清
作品时长:22 分
刊播栏目:CGTN 英语新闻频道《视点》
首发日期:2020 年 8 月 19 日

作品简介

作品追溯 7 年前孟晚舟与汇丰某高管在香港一个餐厅会面的原因,由此追问交谈内容为何会落到美国人手中,并成为起诉孟晚舟的"关键证据"。专题片梳理了汇丰洗钱历史,并展示了相关法律文件和华为呈交法庭的相关证据,用事实说话。

新媒体展示

使用手机扫描下方二维码,即可观看本条获奖作品的新媒体展示。

获奖理由

该作品是一部独家新闻调查专题片,用大量一手信息和相关证据剖析孟晚舟被捕缘由,揭露美国试图通过制裁华为来打压中国的险恶用心。该作品海内外传播效果突出,引发强烈社会反响。

病毒溯源应全球“联合作战”
——专访日本国立长崎大学病毒学家北里海雄

作品信息

作品类型：二等奖・国际传播
刊播单位：科技日报社
报送单位：中央主要新闻单位初评委员会
作　　者：陈超
编　　辑：房琳琳、王俊鸣、龙云
作品字数：2083 字
刊播版面：国际新闻 2 版
首发日期：2020 年 4 月 22 日

科技日报

作品简介

记者借助世界著名病毒学家北里海雄的身份，从专业、科学、客观的角度传播一系列重要观点，树立了国际舆论场上科学、客观、理性的中国专业媒体形象，提高了中国媒体的国际公信力和影响力。

获奖理由

记者借全球顶尖病毒学家北里海雄的权威身份提出问题并详述观点，文章通俗易懂、思路清晰、逻辑严密、行文冷静，全球发布 48 小时内被大量转载，打了一场漂亮的病毒溯源反污名化的舆论战。

新媒体展示

使用手机扫描下方二维码，即可观看本条获奖作品的新媒体展示。

Novel Experience（中外携手战疫情）

作品信息

作品类型：二等奖 · 国际传播
刊播单位：中国日报社
报送单位：中国日报社
作　　者：集体
编　　辑：徐小丹、单娟
作品字数：470 字、625 字、477 字
刊播版面：1 版、3 版、5 版
首发日期：2020 年 2 月 11 日至 12 月 31 日

作品简介

该系列报道通过集中讲述在华外国人参与和见证中国人民抗击疫情伟大斗争的故事，借用“外嘴”，向国际社会有力展现了中国抗疫的历程与成就，分享了中国抗疫的经验与做法，有效批驳了西方对我国的攻击抹黑，维护了国家利益。

新媒体展示

使用手机扫描下方二维码，即可观看本条获奖作品的新媒体展示。

获奖理由

该系列聚焦长期在中国生活和工作的外国人群体，他们的亲身经历和言论观点对外国读者来说有天然的可信性，能引起海外读者的广泛关注和强烈共鸣。该系列报道是我外宣媒体积极作为、掌握对外报道主动权的又一典型范例。

Economists Expect GDP to Return to Growth in Q2
(中国经济有望强劲复苏,二季度 GDP 或由负转正)

作品信息

作品类型:二等奖·国际传播
刊播单位:中国日报社
报送单位:中国日报社
作　　者:李想
编　　辑:王钰、胡园园
作品字数:687 字
刊播版面:1 版
首发日期:2020 年 7 月 13 日

作品简介

本报道对二季度 GDP 以及其他主要经济指标进行前瞻性分析和预测展望,理性客观地深入解读了中国政府出台的一系列政策措施对稳定经济所发挥的积极作用,并对未来中国货币和财政政策的目标导向进行深刻分析和解读。

获奖理由

该报道策划及时、时效性强、信息量大,有效有力地稳定了国际社会对中国经济前景的预期,很大程度上唱响了中国经济光明论和对世界经济的贡献论,极大地提振了市场、企业和投资者对中国经济的信心。

新媒体展示

使用手机扫描下方二维码,即可观看本条获奖作品的新媒体展示。

I Piccoli Segnali Dell'amicizia tra Cina e Italia (小朋友们传递中意友谊)

作品信息

作品类型：二等奖 · 国际传播
刊播单位：24 小时太阳报社
报送单位：经济日报社
作　　者：Chen Yingying（陈莹莹）
编　　辑：姜范、张益勇、王蕊
作品字数：146 字
首发日期：2020 年 4 月 12 日

作品简介

报道展示了意大利佩斯卡拉市小朋友们充满爱意的绘画作品，并采访了佩斯卡拉市市长 Carlo Masci 以及意大利阿布鲁佐大区 NETF 文化交流中心的董事长 Gianni 等人，以文字、图片、视频等多种形式来讲述这个美好故事。

新媒体展示

使用手机扫描下方二维码，即可观看本条获奖作品的新媒体展示。

获奖理由

该报道展现了两国孩子的互动带给人们的信心和勇气，促进了中意两国人民的友谊，润物细无声地体现了习近平总书记倡导的“共同构建人类命运共同体”思想，展现了大国气度与担当。

沙县小吃 “安家”葡萄牙

作品信息

作品类型：二等奖·国际传播
刊播单位：福建省广播影视集团
报送单位：福建省新闻工作者协会
作　　者：陈蕾、王莉、倪政兴、廖传良、李丞、叶育民、王磊
编　　辑：邓金木、郑建武、商建汤
作品时长：10 分 56 秒
刊播平台：华人头条客户端
首发日期：2020 年 12 月 31 日

福建省广播影视集团
FUJIAN MEDIA GROUP

作品简介

2020 年疫情期间，首批在葡萄牙开店的沙县人吴绍华以诚待客、用心经营，让沙县小吃成为当地美食新宠，与当地民众结下深厚友谊。该片以自拍自述的方式，讲述了沙县小吃“安家”葡萄牙，为当地百姓提供美食的生动故事。

获奖理由

这是国内首个从亲历者角度报道疫情期间“国民美食”沙县小吃“安家”异国他乡的新闻专题。专题使用极具网感的制作手段，巧妙连接地方性探索和“一带一路”倡议，以小见大，实现了“中国故事，国际化表达”的良好传播效果。

新媒体展示

使用手机扫描下方二维码，即可观看本条获奖作品的新媒体展示。

青海玉树：罕见雪豹妈妈岩洞中哺育幼崽

作品信息

作品类型：二等奖 · 国际传播
刊播单位：青海广播电视台
报送单位：青海省新闻工作者协会
作　　者：陈新云、谢荣、张玲
编　　辑：许璇
作品时长：46 秒
刊播平台：CNN、FOX、ABC、CBS、NBC 等共 8 个国家和地区的 211 家电视台和网络新媒体平台
首发日期：2020 年 6 月 16 日

青海廣播電視臺
QingHai Radio and Televison Station

作品简介

作品生动记录了两只出生仅 10 天左右的雪豹宝宝时而相互依偎，时而蹒跚学步，萌态十足的生活场景。等到雪豹妈妈回家后，它们钻进妈妈的怀抱吸吮母乳。画面温馨可爱，让观众看到了雪豹在三江源地区的真实生活状态。

新媒体展示

使用手机扫描下方二维码，即可观看本条获奖作品的新媒体展示。

获奖理由

作品题材新颖、文字精练、真实生动、时效性强、具有地域特色，真实反映了三江源生态保护工作的亮点，展现了中国生态保护建设取得的成效，具有一定的示范作用和社会影响。

闪耀的平凡

作品信息

作品类型：二等奖·国际传播
刊播单位：芒果 TV、湖南卫视
报送单位：湖南省新闻工作者协会
作　　者：蔡怀军、郑华平、梁德平、周山、吴梦知、周一凡、胡蓉
编　　辑：彭琛、尹成毅、王杨
作品时长：12 分 37 秒
刊播平台：芒果 TV 纪录片频道
首发日期：2020 年 5 月 21 日

作品简介

该片借助两名国际嘉宾的视角，讲述中国在科技创新、环境保护、农业科学、天文科学、援外医疗等领域所作出的努力和对世界的贡献，为全球提供解决粮食安全、沙漠治理等世界难题的“中国方案”。

获奖理由

作品通过对时代主题的精准把握、中国故事国际化讲述的视角创新、宏大主题的小切口聚焦以及立体化传播矩阵，满足了海外受众的审美和认知需要，展现了当代中国的发展成就和精神风貌，传递了积极向上的中国正能量。

新媒体展示

使用手机扫描下方二维码，即可观看本条获奖作品的新媒体展示。

“我们是一家人”
——患难与共的在华韩国人

作品信息

作品类型：二等奖 · 国际传播
刊播单位：吉林朝鲜文报社
报送单位：吉林省新闻工作者协会
作　　者：韩正一、崔胜虎、辛贞子、车泳国
编　　辑：俞昌振
作品字数：2850 字、2809 字、2866 字
刊播版面：2 版、3 版
首发日期：2020 年 2 月 18 日

作品简介

该作品利用报刊自身外宣优势和所掌握的对外传播平台，通过报道人口最多的在华外国人——韩国人的真实经历，及时全面地反映中国的抗疫实情，反击境外反华势力及媒体的歪曲报道，对国际舆论进行正确引导。

新媒体展示

使用手机扫描下方二维码，即可观看本条获奖作品的新媒体展示。

获奖理由

作品体现了中韩是休戚与共的命运共同体的世界理念、中国智慧和制度优势。通过在华外国人的真实体验和话语，有力反驳了反华舆论。作品选材典型、主题鲜明，针对性极强、现实意义重大，采访深入、感染力强。

大山深处的公交车

作品信息

作品类型：二等奖 · 国际传播
刊播单位：中央广播电视总台
报送单位：山东省新闻工作者协会
作　　者：李静、逄海峰、彭寿熙
编　　辑：曹进
作品时长：10 分 9 秒
刊播栏目：中文环球海外落地调频《全景中国》
首发日期：2020 年 9 月 11 日

中央广播电视总台
CHINA MEDIA GROUP

作品简介

作品聚焦浙江对口支援帮扶的西藏、新疆、四川、贵州等地，以“大山”为寻访主线和报道载体，派出多路记者，沿着绵延纵横的山脊线，深入脱贫攻坚第一线，全景展现国家战略大局中的浙江担当、浙江作为。

获奖理由

作品通过多路记者分头寻访、蹲点跟拍等方式，精准抓取典型人物的面孔群像，故事细节生动、接地气。作品组合运用大屏和小屏进行记录和传播，多屏聚力，较好地发挥了融合报道的特点和传播优势。

新媒体展示

使用手机扫描下方二维码，即可观看本条获奖作品的新媒体展示。

新时代传统媒体的现实选择与实践路径

作品信息

作品类型：二等奖 · 新闻论文
刊播单位：《新闻战线》杂志社
报送单位：陕西省新闻工作者协会
作　　者：李伟
编　　辑：武艳珍
作品字数：6075 字
刊播版面：一线报告
首发日期：2020 年 12 月

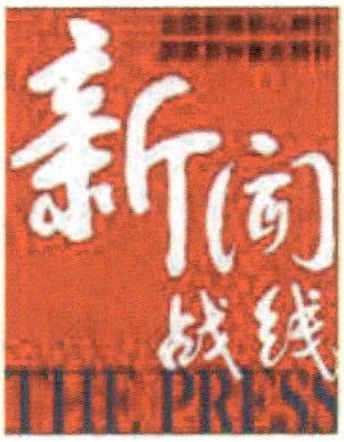

作品简介

本文围绕总书记重要指示，阐释了在全媒体时代答好融合发展这道时代命题，既要从内容建设、传播渠道、通联方式上革新，牢牢把握“群众”二字，也要从理念、机构、人才、技术等方面革新，以适应媒体融合发展的要求。

新媒体展示

使用手机扫描下方二维码，即可观看本条获奖作品的新媒体展示。

获奖理由

本文结合习近平总书记对融合发展作出的系列重要论述，特别是对《陕西日报》创刊 80 周年作出的重要指示，立足实践，全面展示了陕西日报社在推进融合发展过程中的理论创新与改革举措，既是对总书记重要指示的一次具体阐释，也为传统党媒在全媒体时代走好融合发展之路提供了生动样本。

如何做好热点话题的对外传播

作品信息

作品类型：二等奖 · 新闻论文
刊播单位：《对外传播》杂志社
报送单位：中国日报社
作　　者：刘东成
编　　辑：荆江
作品字数：4741 字
刊播版面：实践探索
首发日期：2020 年 9 月

作品简介

本文基于对中国日报社关于新冠肺炎疫情对外传播实践的全面洞察和深入分析，坚持问题导向、目标导向、效果导向，就如何进一步做好热点话题的对外传播，提升中国引导国际舆论的能力进行深入阐述并提出针对性改进建议。

获奖理由

本文既源于实践，深入分析总结中国媒体在国际传播中围绕热点话题及时、主动、有力发声的有效做法，又高于实践，从对谁说、说什么、如何说、在哪儿说、谁来说五方面提出策略和建议，体现了较高的现实性、理论性和前瞻性。

新媒体展示

使用手机扫描下方二维码，即可观看本条获奖作品的新媒体展示。

融合传播视角下突发性公共事件的传播特征与舆情危机处置

作品信息

作品类型：二等奖 · 新闻论文
刊播单位：《新闻界》杂志社
报送单位：四川省新闻工作者协会
作　　者：蒋颖
编　　辑：邓树明、孙尚如、李韵奕
作品字数：5623 字
刊播版面：实务论坛
首发日期：2020 年 11 月

作品简介

该论文将媒体融合与突发性公共事件中的舆情危机处置结合起来，分析了在融合传播环境中公共事件传播的基本特征，并在此基础上提出了突发性公共事件舆情处置的建议。

新媒体展示

使用手机扫描下方二维码，即可观看本条获奖作品的新媒体展示。

获奖理由

论文将媒体融合与突发性公共事件的传播结合起来，指出在融合传播环境中公共事件的传播容易出现信息超越新闻、情绪超越事实的现象，因此舆情危机处置要采取相应措施，具有较强的理论新意和实践针对性。

以深化改革为深度融合蓄能
——宁夏日报报业集团媒体深度融合探索

作品信息

作品类型：二等奖 · 新闻论文
刊播单位：《中国记者》杂志社
报送单位：宁夏回族自治区新闻工作者协会
作　　者：周庆华
编　　辑：梁益畅
作品字数：7296 字
刊播版面：第 51—54 页
首发日期：2020 年 1 月

作品简介

通过实施“四项改革”“两大工程”，宁夏日报报业集团融合转型改革取得历史性突破，实现编采机制、员工理念、报道策划、媒体平台、新闻产品的融合创新，初步构建起形态多样、手段先进、竞争力强的新型主流全媒体集团。

获奖理由

该文论述了宁夏日报报业集团初步形成形态多样、手段先进、竞争力强的新型主流全媒体集团的路径和实践，是一篇发人深省的好文章。

新媒体展示

使用手机扫描下方二维码，即可观看本条获奖作品的新媒体展示。

新时代电视理论节目创新的五个向度

作品信息

作品类型：二等奖 · 新闻论文
刊播单位：《中国广播电视学刊》杂志社
报送单位：吉林省新闻工作者协会
作　　者：集体
编　　辑：樊丽萍
作品字数：7090 字
刊播版面：台局长论坛
首发日期：2020 年 9 月

中国广播电视学刊
CHINA RADIO & TV ACADEMIC JOURNAL

作品简介

本文以习近平总书记关于宣传思想工作的相关重要论述为统领，深入调研思考党的十八大以来电视理论节目的新特点、新气象，并结合本单位理论节目创作的实践，深入探析电视理论节目在五个向度上的创新路径和实践意义。

新媒体展示

使用手机扫描下方二维码，即可观看本条获奖作品的新媒体展示。

获奖理由

本文围绕新时代电视理论节目创新的五个向度展开深入探析，立意好、站位高、视野宽，观点鲜明，思考系统厚重，资料翔实，论证充分，前瞻性和实践性强，具有较强的理论性和现实指导意义。

融合传播：复杂博弈及未来趋势

作品信息

作品类型：二等奖 · 新闻论文
刊播单位：《学术前沿》杂志社
报送单位：江苏省新闻工作者协会
作　　者：卜宇
编　　辑：张晓
作品字数：11,285 字
刊播版面：公共治理
首发日期：2020 年 10 月

学术前沿

作品简介

本文探究了融合传播演变过程、变革机理和发展趋势，分析了可能影响未来传播的诸多因素，提出了融合传播的八个趋势，为理论研究和媒体实践提供了具有启发性的新视角。

获奖理由

本文全面梳理以融合传播为特征的传播新生态、内容新生态、技术新生态，思考把握正在形成或可能形成的趋势，具有较强学理性和实际指导性，对推进媒体深度融合、打造新型主流媒体具有较强的指导意义。

新媒体展示

使用手机扫描下方二维码，即可观看本条获奖作品的新媒体展示。

寻找公共新闻与三农报道的最大公约数

作品信息

作品类型：二等奖 · 新闻论文
刊播单位：《新闻战线》杂志社
报送单位：中央主要新闻单位初评委员会
作　　者：詹新华、郭少雅
编　　辑：包萨仁娜
作品字数：4260 字
刊播版面：一线报告
首发日期：2020 年 5 月

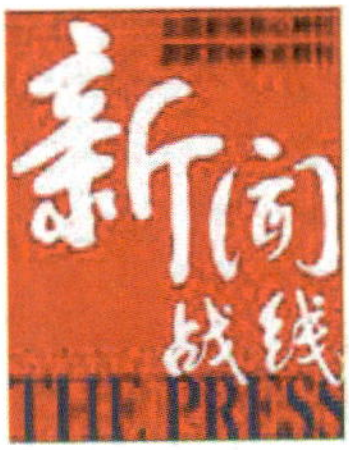

作品简介

该论文立足《农民日报》脱贫攻坚报道实践，就主流媒体如何发挥专业特色，创新报道形式，在具有历史性和空间性的宏大主题中如何推出精品力作进行了深入阐述，论证了宣传工作对国家重大战略的推进可以发挥实际促进作用。

新媒体展示

使用手机扫描下方二维码，即可观看本条获奖作品的新媒体展示。

获奖理由

该论文兼顾实践探索和理论创新，对中央媒体如何参与打好脱贫攻坚战具有借鉴意义，对下一步中央媒体如何做好乡村振兴的报道也具有相当大的参考意义。

中国新闻奖

三等奖

超历史大洪水之年白鹤依然舞鄱湖 白鹤"娘家人"激动地流下泪水："它们在这里生活得很好"

作品信息

作品类型：三等奖 · 文字消息
刊播单位：江西日报社
报送单位：江西省新闻工作者协会
作　　者：刘勇、宋思嘉
编　　辑：杨惠珍、张海光
作品字数：962 字
刊播版面：要闻 2 版
首发日期：2020 年 12 月 10 日

江西日报

作品简介

鄱阳湖流域发生超历史大洪水，越冬白鹤采食区域的面积和食物总量急剧减少，对越冬候鸟栖息环境造成不利影响，引起全球鹤类保护组织和爱鸟者的担忧。记者深入现场采访，多维度呈现大洪水后白鹤在鄱阳湖良好的生存状态。

获奖理由

作品回应了全球关切，有力地唱响了主旋律，凸显了鲜明正确的舆论导向；用事实说话，主题鲜明、采访扎实、文字精练、表述准确，体现了作者的新闻敏感性和社会责任感，见报后产生了良好的全媒体传播效果和社会效果。

新媒体展示

使用手机扫描下方二维码，即可观看本条获奖作品的新媒体展示。

“九章”问鼎全球最快计算机

作品信息

作品类型：三等奖 · 文字消息
刊播单位：安徽日报社
报送单位：安徽省新闻工作者协会
作　　者：陈婉婉
编　　辑：陈群、刘纯友
作品字数：809 字
刊播版面：1 版转 3 版
首发日期：2020 年 12 月 4 日

安徽日报 报业集团
ANHUI DAILY PRESS GROUP

作品简介

“九章”的问世，宣告了我国已成功跻身量子计算的世界领先行列中。作者长期关注中国科技大学量子团队科研进展，提前采访了科研团队核心人员，获得了权威内容，积累了丰富的背景资料。

新媒体展示

使用手机扫描下方二维码，即可观看本条获奖作品的新媒体展示。

获奖理由

作者聚焦“九章”问鼎全球最快计算机这一具有里程碑意义的事件，采访了科研团队核心人员，获得了第一手资料。作品内容权威扎实，作者用精练准确的文字发布了这一历史性的重大科技成果。

“世界屋脊的屋脊”通了大网电

作品信息

作品类型：三等奖·文字消息
刊播单位：国家电网报社
报送单位：中国行业报协会
作　　者：田雪乔、索朗多吉
编　　辑：张冉
作品字数：954 字
刊播版面：2 版
首发日期：2020 年 12 月 7 日

国家电网报
STATE GRID NEWS

作品简介

阿里与藏中电网联网工程打通了西藏统一电网“最后一公里”，在生命禁区创造了奇迹。记者长期关注工程进展，将当地人对工程的深切盼望、通大网电后生产生活的变化呈现给读者，全面展现工程建设的难点、创新点及效果。

获奖理由

本篇消息以点带面，展现了电网建设在推动西藏从落后到进步、从贫穷到富裕过程中发挥的重大作用，还观照到工程的后续运维管理，信息丰富全面，文字简洁精悍，可读性强，是一篇好消息。

新媒体展示

使用手机扫描下方二维码，即可观看本条获奖作品的新媒体展示。

战斗在
曾祖父殉国的土地上

作品信息

作品类型：三等奖 · 文字消息
刊播单位：吉林日报社
报送单位：吉林省新闻工作者协会
作　　者：王亮、赵乃政、粘青
编　　辑：王晶、孟凌云、陈庆松
作品字数：819 字
刊播版面：要闻 1 版
首发日期：2020 年 6 月 28 日

作品简介

80 年前，杨靖宇为抗击日寇牺牲于白山松水；80 年后，他的曾孙来到其殉国地，奋战在脱贫攻坚一线。两代人的人生价值取向和对红色精神的传承，正是“不忘初心、牢记使命”的真实写照，也是践行社会主义核心价值观的生动体现。

新媒体展示

使用手机扫描下方二维码，即可观看本条获奖作品的新媒体展示。

获奖理由

习近平总书记强调，青年一代对红色基因的传承关系到中华民族的命运和中国梦的实现。这篇报道是对总书记的期盼的坚定回答，契合时代精神和时代要求。作品题材独特、文字精练、语言鲜活，具备“短、新、实”的特质。

37 秒生死抉择
彰显大爱忠诚

作品信息

作品类型：三等奖・文字消息
刊播单位：空军报社
报送单位：中央军委政治工作部宣传局
作　　者：许毅、房磊磊
编　　辑：乔松柏
作品字数：768 字
刊播版面：1 版
首发日期：2020 年 9 月 16 日

作品简介

2020 年 9 月，中国空军飞行员王建东成功处置空中重大特情。空军报社率先出动，派出骨干记者实地采访，历时 7 天，采写出 1 组包括消息、评论、深度报道在内的 3 篇稿件。

获奖理由

该消息为全国首家权威报道，现场感强、文笔精细，具有较强的新闻价值，突出展现了飞行员王建东在习近平强军思想哺育下淬火成钢的先进事迹和时代价值，树立了人民空军为人民的好榜样。

新媒体展示

使用手机扫描下方二维码，即可观看本条获奖作品的新媒体展示。

昔日围着锅台转 今天握上方向盘
墨玉县一村庄95名妇女考驾照

作品信息

作品类型：三等奖·文字消息
刊播单位：新疆日报社
报送单位：新疆维吾尔自治区新闻工作者协会
作　　者：刘东莱
编　　辑：石锋、靳泉、杨英春
作品字数：768字
刊播版面：要闻1版
首发日期：2020年12月26日

作品简介

当下少数民族女性正在摆脱宗教极端思想的毒害，大胆追求自由和美好生活。该新闻事件反映了南疆基层社会所发生的关键性变化。记者获知消息后立刻展开深入采访，编辑精心制作标题，最终完成此稿。

新媒体展示

使用手机扫描下方二维码，即可观看本条获奖作品的新媒体展示。

获奖理由

稿件以小见大，从农村妇女考驾照这个小切口反映大主题，透过现象揭示本质，让人印象深刻。记者走访了数十名考驾照的妇女，深入了解她们的故事，并选取最典型的人物进行报道。稿件有点有面，有事实有依据，可信度高，传播效果好。

32岁的“高工”笑了！甘肃214人通过“绿色通道”晋升高级职称

作品信息

作品类型：三等奖・文字消息
刊播单位：甘肃日报客户端（新甘肃客户端）
报送单位：中央网信办网络新闻信息传播局
作　　者：魏娟、王梓懿
编　　辑：李晓君、田丽媛、杨艳霞
作品字数：849字
刊播平台：甘肃日报客户端
首发日期：2020年12月2日

甘肃日報

作品简介

甘肃省为优秀人才职称评审开辟“直通车”。记者采访了酒钢集团职工获得高级职称的经历，以此为切入点，生动阐释了“英雄不问出处”的人才评价政策，解读了这一政策吸引一大批青年才俊到甘肃建功立业的长远意义。

获奖理由

该报道从一个人的故事切入，反映了这一政策的实施背景、意义，引起社会各界关注，体现了甘肃在营造人才发展环境、推进人才政策创新、搭建人才干事创业平台等方面的创新思路和政策。

新媒体展示

使用手机扫描下方二维码，即可观看本条获奖作品的新媒体展示。

云南 80 万毫升爱心血液驰援湖北

作品信息

作品类型：三等奖·文字消息
刊播单位：云南日报社
报送单位：云南省新闻工作者协会
作　　者：党晓培、普建彬、李秋明
编　　辑：肖莹
作品字数：915 字
刊播版面：要闻 1 版
首发日期：2020 年 3 月 1 日

作品简介

为助力湖北抗击新冠肺炎疫情，云南省 11 个州市血站调配 80 万毫升血液驰援武汉，这是疫情发生以来支援武汉数量最多、路途最遥远的一次“热血援助”。四省媒体的目光追逐着送血车日夜兼程从云贵高原奔向举国牵挂的武汉。

新媒体展示

使用手机扫描下方二维码，即可观看本条获奖作品的新媒体展示。

获奖理由

该报道抓住“媒体跨省联动、四省接力护航”的新闻点，图文并茂，结构紧凑，文字精准简练且不乏细节描写，与新媒体报道并肩形成传播合力，传递正能量，振奋精神，温暖人心。

姐弟俩放下35张钱共300元 留下一封信转身离开,“武汉只是生病了……”

作品信息

作品类型:三等奖 · 文字消息
刊播单位:秦闻 App
报送单位:中央网信办网络新闻信息传播局
作　　者:姬娜
编　　辑:杨丽、范丽娜
作品字数:780 字
刊播平台:秦闻 App
首发日期:2020 年 2 月 8 日

作品简介

两个少数民族孩子在疫情期间的一个小小的善举,彰显了全国各族人民共同抗击疫情的大爱精神和必胜信心。记者敏锐捕捉到这个新闻点,在积极联系省青基会转交捐款,完成两个孩子心愿的同时,着手采访并快速发稿。

获奖理由

该作品以小见大,反映了新冠肺炎疫情期间,全国人民上下同心全力抗疫的精神,体现了社会主义制度的优越性。稚嫩的童言童语格外真实动人,作品用侧写方式,把有零有整的捐款故事表达得有悬念、有张力,以情感为线索,把举国大爱表现得淋漓尽致。

新媒体展示

使用手机扫描下方二维码,即可观看本条获奖作品的新媒体展示。

河北:全国首部反对餐饮浪费地方性法规今起实施

作品信息

作品类型:三等奖·文字消息
刊播单位:长城网
报送单位:中央网信办网络新闻信息传播局
作　　者:赵娇莹、张登峰、王日成
编　　辑:董亚青、张琳、曹玉光
作品字数:931 字
网页地址:http://report.hebei.com.cn/system/2020/11/01/100499119.shtml
首发日期:2020 年 11 月 1 日

长城网 hebei.com.cn
权威媒体 政务平台 民生网站

作品简介

全国第一部聚焦治理餐饮浪费的省级地方性法规正式施行当天,记者深入餐饮企业、机关学校等客观记录法规施行首日的情况,同时采访了河北省人大常委会法工委负责同志,为治理餐饮浪费焦点难点问题提供了法治方案。

新媒体展示

使用手机扫描下方二维码,即可观看本条获奖作品的新媒体展示。

获奖理由

作品从全国首部反对餐饮浪费地方性法规实施切入,从全国道德模范刘洪安的一天开始,既讲新规出台背后的故事,也讲新规实施带来的变化。该作品在让"硬"政策新闻"软"下来方面做了有益探索。

西藏历史性消除绝对贫困

作品信息

作品类型：三等奖 · 文字消息
刊播单位：西藏日报社
报送单位：西藏自治区新闻工作者协会
作　　者：潘璐、刘芳
编　　辑：刘文涛、周辉、常川
作品字数：910 字
刊播版面：1 版
首发日期：2020 年 10 月 16 日

作品简介

稿件来自国新办在拉萨举行的西藏脱贫攻坚新闻发布会，消息内容聚焦西藏经过五年努力，历史性消除绝对贫困及其产生的重大意义，突出西藏自治区在决胜脱贫攻坚过程中给普通群众带来的获得感、幸福感以及巩固脱贫攻坚成果的措施。

获奖理由

本篇消息稿件从普通群众的切身感受到自治区党委主要领导的客观总结，再到大量翔实的脱贫数据，勾画了西藏脱贫攻坚工作取得的全方位进步、历史性成就。

新媒体展示

使用手机扫描下方二维码，即可观看本条获奖作品的新媒体展示。

跨越 80 多年的守望相助！南京捐赠抗“疫”物资驰援拉贝后人

作品信息

作品类型：三等奖 · 文字消息
刊播单位：交汇点新闻客户端
报送单位：中央网信办网络新闻信息传播局
作　　者：田梅、黄欢
编　　辑：任松筠
作品字数：978 字
网页地址：https://jnews.xhby.net/v3/waparticles/513ab015e96b458bbf9e81e277c4a717/hH8XVBjFgfqzLMa0/1
首发日期：2020 年 4 月 18 日

交汇点新闻

作品简介

这篇全网独家稿件关注在新冠肺炎疫情席卷全球之时，南京城向德国捐赠抗“疫”物资的暖心故事。南京这座博爱之都、和平之城与拉贝祖孙跨越 80 多年的特殊情谊，使得该稿在众多抗“疫”主题报道中独树一帜。

新媒体展示

使用手机扫描下方二维码，即可观看本条获奖作品的新媒体展示。

获奖理由

这则消息是战“疫”题材新闻报道中极具特点的佳作，既报道南京人“滴水之恩当涌泉相报”的义举，更体现跨越 80 多年后，在全球战“疫”背景下，中德两国共克时艰、守望相助的跨国情谊。记者采访扎实，文字凝练；融合发布，传播效果好。

“中国第一位个体工商户”精彩蝶变 以民营企业家章华妹命名的市场昨开业

作品信息

作品类型：三等奖·文字消息
刊播单位：温州晚报社
报送单位：中国晚报工作者协会
作　　者：王若江、方温力、王亮
编　　辑：缪磊、王心、朱国华
作品字数：930字
刊播版面：要闻3版
首发日期：2020年5月19日

作品简介

章华妹是中央领导同志多次提到的“中国第一位个体工商户”，作者听闻出现“华妹市场”这个中国首家以非公经济人士冠名的混合制专业市场后，敏锐意识到这是意义重大的好新闻，于是独家请到章华妹现身说法，对她进行了深入采访。

获奖理由

该作品敏锐地抓住市场新鲜事，生动地反映了浙江温州坚定支持非公经济发展，不负习总书记嘱托，努力续写好新时代温州创新史的新举措、新实践。作品行文简洁、意蕴丰厚，凝练又准确地呈现了重大主题。

新媒体展示

使用手机扫描下方二维码，即可观看本条获奖作品的新媒体展示。

查处形式主义官僚主义问题数据首次公布

作品信息

作品类型:三等奖·文字消息
刊播单位:中国纪检监察报社
报送单位:中央主要新闻单位初评委员会
作　　者:毛翔
编　　辑:张弛、许仲冠
作品字数:870 字
刊播版面:要闻 1 版
首发日期:2020 年 5 月 19 日

作品简介

十九届中央纪委四次全会强调,要坚持从讲政治高度整治形式主义、官僚主义。结合 2019 年查处问题数据和四次全会工作部署,记者就新一年工作重点等内容采访了相关负责人,为推动查纠"四风"工作提供借鉴。

新媒体展示

使用手机扫描下方二维码,即可观看本条获奖作品的新媒体展示。

获奖理由

这篇消息短小精悍,但时效性强、信息丰富、直击痛点。作者通过采访相关负责人,总结梳理出统计指标的两个显著变化并面向全社会首发,及时回应了人民群众关注的热点问题,也及时为党员干部敲响警钟。

疫情当前，怎么火了一句唐诗？

作品信息

作品类型：三等奖·文字评论
刊播单位：光明网
报送单位：中央网信办网络新闻信息传播局
作　　者：王子墨
编　　辑：杨谷、吴丛丛、章丽鋆
作品字数：1069 字
首发日期：2020 年 2 月 12 日

作品简介

文章对日本援助中国物资上的诗句与国内一些防疫“硬核”口号进行对比，深入思考了背后的思维模式与文明感，呼吁文明社会价值的回归。文章针对热点话题权威发声，观点有分量，内容有深意，引发网络上的广泛关注和热议。

获奖理由

文章温和却有力，说理饱含深情，彰显了文化底蕴与特色，展现了媒体在传统文化传承上的责任与担当。文章在疫情吃紧阶段有力缓解了民众的焦虑情绪，传递出真正的文化自信。

新媒体展示

使用手机扫描下方二维码，即可观看本条获奖作品的新媒体展示。

别让形式主义消耗基层干部抗疫精力

作品信息

作品类型：三等奖 · 文字评论
刊播单位：新华每日电讯社
报送单位：新华通讯社
作　　者：周楠
编　　辑：方立新、谢锐佳、易艳刚
作品字数：1157 字
刊播版面：评论 · 融媒 4 版
首发日期：2020 年 2 月 01 日

作品简介

1 月底，在全国各地积极抗疫之时，形式主义却露出苗头，“表格抗疫”有愈演愈烈之势。记者敏锐地发现问题，在所有媒体中首发评论，结合典型案例，对抗疫中的形式主义问题予以批评揭露。

新媒体展示

使用手机扫描下方二维码，即可观看本条获奖作品的新媒体展示。

获奖理由

记者在所有媒体中首发报道，批评抗疫中的形式主义。抗疫背景下，发出该报道需要非常大的勇气，其背后是记者与编辑对党的忠诚。报道推动全国各地整治“表格抗疫”等形式主义问题，为打赢疫情防控阻击战作出了重要贡献。

在奋斗中践行初心使命

作品信息

作品类型：三等奖 · 文字评论
刊播单位：闽西日报社
报送单位：福建省新闻工作者协会
作　　者：高营光、王仰华
编　　辑：杜红伟、莫志强、林蔚学
作品字数：1526 字
刊播版面：要闻 1 版
首发日期：2020 年 1 月 18 日

闽西日报

作品简介

这是一篇配合福建省龙岩市“不忘初心、牢记使命”主题教育总结会而发表的社论。作品紧密结合习近平总书记对“奋斗”的重要论述，围绕在奋斗中践行初心使命的主题，动员老区干部群众不忘初心、牢记使命、永远奋斗。

获奖理由

这篇社论结合闽西革命老区实际，深入论述“奋斗”的内涵意义，主题鲜明，论述生动有力，文字流畅严密，特别是写法创新，把传统中比较生硬的社论写出了新意。

新媒体展示

使用手机扫描下方二维码，即可观看本条获奖作品的新媒体展示。

非常之时，果断之举
——坚决遏制疫情扩散蔓延

作品信息

作品类型：三等奖 · 文字评论
刊播单位：湖北日报社
报送单位：湖北省新闻工作者协会
作　　者：李琼、肖擎
编　　辑：陈剑文、张晓峰、李琼
作品字数：910 字
刊播版面：1 版
首发日期：2020 年 1 月 24 日

湖北日報

作品简介

一座千万人口的城市为抗疫按下“暂停键”，这在新中国历史上还是第一次。文章对这个坚决果断、需要巨大政治勇气的措施第一时间评论发声：这是阻止疫情扩散的必要举措，是湖北在全国乃至全世界的疫情防控大局中应有的责任与担当。

新媒体展示

使用手机扫描下方二维码，即可观看本条获奖作品的新媒体展示。

获奖理由

这篇评论聚焦“非常之时”，反应迅速，及时发声，深刻论述了“果断之举”的重要性和必要性。文章站位高、内涵深、分析透、论证足，做到了政治高度、论说深度、情感温度的统一。

合村并居问题，能否在民法典里找到答案？

作品信息

作品类型：三等奖 · 文字评论
刊播单位：人民日报社
报送单位：中央网信办网络新闻信息传播局
作　　者：徐隽
编　　辑：张毅、廖文根、赵婀娜、张洋
作品字数：1007 字
刊播平台：人民日报政文微信公众号
首发日期：2020 年 6 月 24 日

作品简介

2020 年 6 月，一些地方农村合村并居工作引发群众不满和质疑，引起社会高度关注。作者在深入了解实情的基础上，撰写评论，分析合村并居的目的、工作中存在的问题及其原因，以及化解矛盾的办法。

获奖理由

该文列举现象客观准确，分析问题深刻到位，提出建议中肯可行。同时，该文不失锐气，充满战斗力，紧扣“合村并居”和“编纂民法典”两个热点新闻事件，从中巧妙找到联系，使观点更有说服力，更有针对性。

新媒体展示

使用手机扫描下方二维码，即可观看本条获奖作品的新媒体展示。

建议铁路民航取消退票费为防疫作贡献

作品信息

作品类型：三等奖 · 文字评论
刊播单位：中国青年报社
报送单位：中央网信办网络新闻信息传播局
作　　者：曹林
编　　辑：毛浩
作品字数：1200 字
刊播平台：中国青年报客户端
首发日期：2020 年 1 月 21 日

中国青年报

作品简介

在疫情刚开始，很多人还没有意识到疫情可能带来的问题和影响时，作者及时捕捉到公众的焦虑和顾虑，看到春运这一特殊语境下退票费对公众决策和阻断病毒传播的影响，以及通过取消退票费推动全民减少流动的必要性。

新媒体展示

使用手机扫描下方二维码，即可观看本条获奖作品的新媒体展示。

获奖理由

此篇评论率先提出了一个反映公共意见的议题，推进了公共决策的进程，对抗疫初期的舆论引导和政民沟通起到了不小的作用，与民意形成共振，与决策部门形成互动，堪称建设性评论的范例。

一法安天下：这只是香港由乱及治的序幕

作品信息

作品类型：三等奖·文字评论
刊播单位：中国网
报送单位：中央网信办网络新闻信息传播局
作　　者：唐华
编　　辑：杨新华、李小华、蔡晓娟
作品字数：1512 字
刊播平台：中国网
首发日期：2020 年 7 月 4 日

作品简介

文章从美西方不甘心失败和中国周边不靖两方面分析敌对势力反弹的原因，预判其后续“打法”，指出这恰恰证明“香港国安法打中了他们的七寸”，展现我不避锋芒、初心若定的气势，有效引导了社会舆论。

获奖理由

该作品选题立意深远，思维敏锐；论述条理清晰；观点明快犀利，角度精准；语言生动简练，引导力强，深刻揭露了美西方企图利用香港干扰中国发展大局和战略目标的险恶用心，面向国际舆论场鲜明表达了中国态度。

新媒体展示

使用手机扫描下方二维码，即可观看本条获奖作品的新媒体展示。

做好减负、稳岗、扩就业的文章

作品信息

作品类型：三等奖 · 文字评论
刊播单位：甘肃日报社
报送单位：甘肃省新闻工作者协会
作　　者：张洞若
编　　辑：尚德琪
作品字数：1467 字
刊播版面：评论 5 版
首发日期：2020 年 3 月 24 日

甘肅日報
GANSU RIBAO

作品简介

为引导全社会高度重视就业问题，作者及时撰写这篇评论，从减轻企业负担、做好返岗工作、拓展就业增量等方面，进行了深入阐释，给出了解决办法。文章条理清晰、表述精练、分析透彻，具有较强的理论说服力。

新媒体展示

使用手机扫描下方二维码，即可观看本条获奖作品的新媒体展示。

获奖理由

应对疫情冲击，稳就业是关键。这篇评论及时发声，通过透彻的分析、阐释，对各地做好稳就业工作，起到了积极的引导作用。

恒大“盖楼式”造车靠谱吗

作品信息

作品类型：三等奖·文字评论
刊播单位：经济日报社
报送单位：经济日报社
作　　者：杨忠阳
编　　辑：郑庆东、徐涵
作品字数：1738 字
刊播版面：企业 10 版
首发日期：2020 年 9 月 11 日

作品简介

作者以“恒大健康”更名为“恒大汽车”这一具体新闻事件为评论由头，从资金、技术、管理和产品等方面，论证了恒大造车面临的挑战与机遇，提出造车既要创新，更需务实的新观点，引导企业和社会理性看待跨界造车热。

获奖理由

这是一篇体现问题意识、理性思维和专业见解的经济评论，对于当下浮躁的造车之风，特别是对“假造车、真圈地、实圈钱”的部分造车势力有警示意义，有利于引导社会理性看待跨界造车热，推动企业造车健康有序发展。

新媒体展示

使用手机扫描下方二维码，即可观看本条获奖作品的新媒体展示。

防控重大疫情，我们在一起

作品信息

作品类型：三等奖·文字评论
刊播单位：湖南日报社
报送单位：湖南省新闻工作者协会
作　　者：欧阳金雨、沈德良
编　　辑：龚政文、沈德良
作品字数：1332 字
刊播版面：要闻 4 版
首发日期：2020 年 1 月 23 日

湖南日报

作品简介

岁末年初，一场新冠肺炎疫情突袭大江南北。面对这场来势汹汹但又几乎完全未知的疫情，湖南日报社理论评论部研究政策形势，精心组织策划，于全国省级党报中率先发声，推出评论员文章《防控重大疫情，我们在一起》。

新媒体展示

使用手机扫描下方二维码，即可观看本条获奖作品的新媒体展示。

获奖理由

该文观点铿锵有力，态度明确坚决，在疫情阻击战打响的第一时间，真正发挥了党报评论“风向标”“定音鼓”的作用。

水清了 鱼来了
——来自东辽河上游的治理报告

作品信息

作品类型：三等奖・文字通讯与深度报道
刊播单位：吉林日报社
报送单位：吉林省新闻工作者协会
作　　者：王亮、潘锐、孙翠翠
编　　辑：翟劲涛、唐咏、王淳红
作品字数：2900 字
刊播版面：要闻 1 版
首发日期：2020 年 4 月 9 日

作品简介

因为污染问题比较突出，辽河备受关注。2018 年 4 月，习近平总书记就辽河流域治理问题作出重要批示。为回应总书记关切和群众关注，本报记者于 3 月底走进辽源市，经过大量走访和踏查，完成此篇深度报道。

获奖理由

这是一篇时政新闻报道的精品之作。作品结合记者走基层活动，采访深入、文字精练、场面生动、亮点频出、内容鲜活，全景展示了吉林省、市、县、乡、村五级河长齐抓共管、共治东辽河流域的攻坚战成果。

新媒体展示

使用手机扫描下方二维码，即可观看本条获奖作品的新媒体展示。

“迟到”的公示终还高中生清白

作品信息

作品类型：三等奖·文字通讯与深度报道
刊播单位：新安晚报社
报送单位：安徽省新闻工作者协会
作　　者：徐琪琪、刘建昌
编　　辑：胡佩
作品字数：2554字
刊播版面：A04版
首发日期：2020年11月3日

作品简介

记者从一则不起眼的拟表彰见义勇为人员公示中发现线索，历经半个多月，采访了相关各方，力求多角度客观还原事发时的情景，并揭示这份迟到的“正义”终还高中生清白的社会价值和意义。

新媒体展示

使用手机扫描下方二维码，即可观看本条获奖作品的新媒体展示。

获奖理由

记者从一则不起眼公示中发现背后线索，深度还原新闻事件的经过以及人物命运的变化。该报道弘扬了正气，社会影响大。

酥油茶“越来越香了”
——冬季探访拉萨最后通水的牧区边远散户

作品信息

作品类型：三等奖·文字通讯与深度报道
刊播单位：拉萨晚报社
报送单位：西藏自治区新闻工作者协会
作　　者：涂琼
编　　辑：蔡新平、冯继红、安丽
作品字数：2134 字
刊播版面：1 版、2 版
首发日期：2020 年 12 月 14 日

作品简介

该稿件主题鲜明、文风朴实、内容真实、感情真挚，聚焦“两不愁、三保障”，从拉萨市最后通水的牧区边远散户看群众告别“吃水难”这一重大民生问题，展现了高原牧民如今的美好生活。

获奖理由

“两不愁、三保障”是脱贫攻坚的底线性任务，承载着厚重的民生期待。它也是一块“试金石”，检验着脱贫工作的质量和成色。拉萨最后一户牧区边远散户的“饮水难”问题得到解决，标志着拉萨所有人口告别“饮水难”。

新媒体展示

使用手机扫描下方二维码，即可观看本条获奖作品的新媒体展示。

重庆女医生写给武汉的“情书”火了

作品信息

作品类型：三等奖·文字通讯
刊播单位：重庆日报社
报送单位：重庆市新闻工作者协会
作　　者：李星婷
编　　辑：牛瑞祥、逯德忠、兰世秋
作品字数：3047 字
刊播版面：2 版转 4 版
首发日期：2020 年 3 月 15 日

作品简介

3 月 13 日，重庆市第八批医疗队队员王越写下《一封给武汉的“情书”》；中南民族大学教师写下回信《武汉有难君来援 白衣执甲血浓于水》。这两封“情书”，体现了重庆和武汉的手足之情，也体现了共克时艰的人间大爱。

新媒体展示

使用手机扫描下方二维码，即可观看本条获奖作品的新媒体展示。

获奖理由

王越的“情书”，写出四万余名驰援湖北的医护人员的心声；回信则分别从地域、时代的角度，对“情书”作出回应。两封由普通市民写就的“情书”，写出 14 亿中华儿女的心声，为打赢新冠肺炎疫情防控阻击战鼓舞了士气。

珠峰日记

作品信息

作品类型：三等奖·文字系列
刊播单位：中国自然资源报社
报送单位：中国行业报协会
作　　者：王少勇
编　　辑：王中建、闫倩、孙安然
作品字数：982 字、1533 字、1433 字
刊播版面：要闻 1 版、时讯 2 版
首发日期：2020 年 5 月 6 日

作品简介

记者全程参与 2020 年珠峰高程测量报道，并采用了体验式采访方式。报道以日记形式记录所见所闻所感，真实反映测量登山队员在极限环境中的工作状态、精神面貌。《珠峰日记》时效性强，感情真挚，内容引人入胜。

获奖理由

《珠峰日记》创造了记者体验式采访的新方式，文章充满了真情实感，感染力强，可读性强。文章以扎实的文字功底、敏锐的感受力、“接地气”的叙事风格，忠实记录重大历史事件全过程，令读者身临其境，感同身受。

新媒体展示

使用手机扫描下方二维码，即可观看本条获奖作品的新媒体展示。

"凉山战报"蹲点驻村报道

作品信息

作品类型:三等奖·文字系列
刊播单位:四川日报社
报送单位:四川日报社
作　　者:侯冲、王代强、袁敏、梁现瑞、李淼、尹钢
编　　辑:胡敏、戚瑛
作品字数:856字、2642字、894字
刊播版面:要闻1—7版
首发日期:2020年1月1日

四川日报

作品简介

"凉山战报"报道组精准聚焦凉山最后7个未摘帽贫困县的冲刺阶段,采写出40多篇内容扎实、情感真挚的报端报道和百余篇鲜活生动、易读好看的新媒体报道。报道突出人民性、史料性、故事性、典型性,全面反映战贫成效。

新媒体展示

使用手机扫描下方二维码,即可观看本条获奖作品的新媒体展示。

获奖理由

这组报道用鲜活故事、深度挖掘、全媒呈现,努力绘就大凉山彝族群众继社会制度变迁后,向小康生活新"一步跨千年"发起最后冲刺的物质巨变和精神脱贫图谱,让主题报道喜闻乐见,让脱贫故事传得更快、更广、更远。

武汉抗疫一线报道之“看夕阳老人”系列

作品信息

作品类型：三等奖 · 文字系列
刊播单位：解放日报社
报送单位：解放日报社
作　　者：辛飞、甘俊超
编　　辑：周智强、徐蓓蓓
作品字数：610 字、4827 字、4164 字
刊播版面：要闻 1 版、特稿 9 版、特稿 7 版
首发日期：2020 年 3 月 6 日

解放日报

作品简介

作者采访医生刘凯，写出首篇报道《看日落迎花开 愿如你歌中唱 春来绿满窗》，后采访医务人员，完成第二篇报道《谢谢你，陪我一起看过夕阳》。病愈后，老人赞叹党和国家予他新生，作者遂写出第三篇报道《重回武汉》。

获奖理由

“看夕阳老人”系列报道都是作者独家采访写成的报道。作者率先找到照片主人公之一刘凯，深入还原了照片背后的故事。三篇报道层次分明，而报道所体现的人文关怀也恰如其分地展现了伟大的抗疫精神。

新媒体展示

使用手机扫描下方二维码，即可观看本条获奖作品的新媒体展示。

攻坚“石墨烯”

作品信息

作品类型：三等奖 · 文字通讯
刊播单位：太原日报社
报送单位：山西省新闻工作者协会
作　　者：阎铁洁
编　　辑：宋立纲
作品字数：1582 字
刊播版面：1 版
首发日期：2020 年 5 月 18 日

作品简介

作为全国石墨烯首批研究者之一，709 课题组经过十年坚守，亲历了石墨烯从实验室到产业化、从制备到应用的蜕变，让中国成为全球石墨烯领域的领先者。记者在得知相关信息后，立刻联系采访，完成稿件，第一时间在头版刊发。

新媒体展示

使用手机扫描下方二维码，即可观看本条获奖作品的新媒体展示。

获奖理由

文章选材经典，主题鲜明，行文流畅，影响力较大。作为一篇科技报道，这篇通讯对核心技术的描述深入浅出、通俗易懂，生动再现了科技工作者艰苦奋斗、精益求精、锲而不舍的工作作风和代代传承的执着坚守。

谁是“老李”

作品信息

作品类型：三等奖·文字通讯
刊播单位：河南日报社
报送单位：河南省新闻工作者协会
作　　者：刘雅鸣、胡巨成、归欣
编　　辑：李芳
作品字数：1582字
刊播版面：1版
首发日期：2020年4月28日

作品简介

本篇通讯围绕乡村振兴这一重大宣传报道主题，从“乡村规划师”的独特视角出发，展现出河南以乡村建设行动为抓手，改变人居环境、改善群众生活、推动乡村振兴的生动实践，是一篇践行“四力”、读来回味悠长的佳作。

获奖理由

2020年4月下旬，记者到信阳市平桥区中山铺村采访时，常听到村民提到一个名字：老李。老李是这个村落的“总设计师”，他的理论和实践对我们从脱贫攻坚到乡村振兴有非常重要的现实意义，这也是这篇通讯的内涵。

新媒体展示

使用手机扫描下方二维码，即可观看本条获奖作品的新媒体展示。

无主遗体的"摆渡人"

作品信息

作品类型：三等奖 · 文字通讯
刊播单位：都市时报社
报送单位：云南省新闻工作者协会
作　　者：张萌
编　　辑：陈唯一、彭德光
作品字数：4319 字
刊播版面：A11—A13 版
首发日期：2020 年 12 月 18 日

都市時報

作品简介

记者得知一位医院工作人员负责为无主遗体寻亲，于是展开为期三周的采访。记者先后十余次采访当事人，见证了当事人为一具无主遗体找到亲属的全部过程，并赶在有祭祀传统的冬至来临之际，成稿刊发。

新媒体展示

使用手机扫描下方二维码，即可观看本条获奖作品的新媒体展示。

获奖理由

在无主遗体面前，一名普普通通的太平间管理员和他服务的医院都做出了最有人文关怀的选择。报道刊发后，吸引了多家媒体进行二次传播。该稿件新闻价值较高，文字优美，故事感人，社会反响较好。

沙洲村：因水浸润的幸福模样

作品信息

作品类型：三等奖 · 文字通讯
刊播单位：中国水利报社
报送单位：中国行业报协会
作　　者：董自刚、席晶、张灯林、刘乐
编　　辑：陈晓磊
作品字数：1455 字
刊播版面：要闻 1 版
首发日期：2020 年 12 月 30 日

中国水利報
China Water Resources News

作品简介

在纪念红军长征胜利 80 周年大会上，习近平总书记讲述了“半条被子”的故事。2020 年 9 月 16 日，总书记来到湖南省郴州市瑶族沙洲村，重温了这个故事。2020 年年底，记者来到“半条被子”故事发生地，展现水利人兑现承诺的成效。

获奖理由

“半条被子”的故事充分体现了中国共产党的人民情怀和为民本质，以及水利人对人民情怀和为民本质的传承。文章语言平实，把广大农民群众实现小康生活的幸福感获得感体现在字里行间，具有很强的感染力和说服力。

新媒体展示

使用手机扫描下方二维码，即可观看本条获奖作品的新媒体展示。

2020 藏羚羊大迁徙现场报道

作品信息

作品类型：三等奖・文字系列
刊播单位：青海日报社
报送单位：青海省新闻工作者协会
作　　者：胡永科、姚斌、张多钧
编　　辑：莫自才、韩国宁
作品字数：2114 字、1871 字、2299 字
刊播版面：4 版、4 版、12 版
首发日期：2020 年 5 月 19 日

作品简介

5 月 18 日至 24 日，记者在海拔 5000 多米的可可西里不冻泉和五道梁两个保护站之间不到 50 公里的青藏公路上来回穿梭，记录藏羚羊大迁徙。作品组织策划有力，观察细致入微，是一次立体呈现藏羚羊迁徙过程的生动现场报道。

新媒体展示

使用手机扫描下方二维码，即可观看本条获奖作品的新媒体展示。

获奖理由

稿件深入分析藏羚羊迁徙过程中的变化，告诉人们保护藏羚羊仍然存在难点，以期引起相关部门的高度重视。稿件经各大媒体转载后，在社会上引起强烈反响。作品践行“四力”要求，落实“四向四做”，采写扎实，刻画到位，感染力强。

山东黄河滩区
脱贫迁建组合报道

作品信息

作品类型:三等奖·文字系列
刊播单位:大众日报社
报送单位:青海省新闻工作者协会
作　　者:娄和军、杨学莹、袁涛、赵洪杰
编　　辑:杨鹏、黄露玲、王志浩、巩晓蕾
作品字数:3049 字、4397 字、3681 字
刊播版面:要闻 3—7 版
首发日期:2020 年 9 月 17 日

大衆日報

作品简介

2019 年 8 月,大众日报社启动黄河滩区脱贫迁建大型蹲点调研活动,总编辑亲自带队调研,报道采制历时 1 年。1 年时间里,记者深入滩区采访,蹲点 7 市 16 县(区)60 多个滩区村,推出 5 个版的大型组合报道,形成舆论强势。

获奖理由

报道立意高远,唱响时代主题,散发泥土芬芳。报道团队沿千里黄河两岸蹲点 1 年时间,走遍滩区 7 市,蹲点 60 多个村庄,采访对象超过 300 人。文章布局精巧,文笔动人,“攥指成拳”,聚合发力。

新媒体展示

使用手机扫描下方二维码,即可观看本条获奖作品的新媒体展示。

阅海公园“围湖圈景”挡了风景伤了游客

作品信息

作品类型：三等奖 · 文字系列
刊播单位：宁夏日报社
报送单位：宁夏回族自治区新闻工作者协会
作　　者：鲁延宏
编　　辑：宗时风、李云华
作品字数：1322 字
刊播版面：4 版
首发日期：2020 年 7 月 14 日

作品简介

记者路经银川阅海国家湿地公园，发现湖岸被高大铁丝网围起来，严重影响了周边环境。翌日，记者实地采访报道，引发高度关注。之后，记者跟进采访，完成区政府对此事处理结果的报道。

新媒体展示

使用手机扫描下方二维码，即可观看本条获奖作品的新媒体展示。

获奖理由

作品发挥了党报的舆论监督作用，解决了人民群众关心的问题，对官僚主义、形式主义进行了揭露。此次连续报道起到了举一反三的作用，对各级机关转变作风具有推动作用和示范意义。

赖小民案涉案财物近 17 亿元已追缴

作品信息

作品类型：三等奖 · 文字通讯
刊播单位：中国纪检监察报社
报送单位：中央主要新闻单位初评委员会
作　　者：韩亚栋
编　　辑：王丹、徐杰
作品字数：3734 字
刊播版面：观察 4 版
首发日期：2020 年 8 月 14 日

作品简介

报道披露了赖小民巨额资产的构成，公布了涉案财物追缴情况，公开了鲜为人知的案件查办过程，展现了纪检机关和办案机关为之付出的巨大努力，一体推进不敢腐不能腐不想腐，实现了政治、纪法和社会效果的有机统一。

获奖理由

2020 年，中国华融公司原董事长赖小民一审被控受贿 17.88 亿元，舆论一片哗然。作者围绕赖小民为什么能贪这么多、涉案财物追缴处置情况如何、如何防止出现下一个“赖小民”等问题进行了深度报道，传递了权威声音，回应了公众关切。

新媒体展示

使用手机扫描下方二维码，即可观看本条获奖作品的新媒体展示。

世界纪录：“在自己的手中”诞生

作品信息

作品类型：三等奖 · 文字通讯
刊播单位：青岛日报社
报送单位：山东省新闻工作者协会
作　　者：周晓峰、梁辰、辛梅、于泓
编　　辑：张玉、陆波、杨波
作品字数：2917 字
刊播版面：1 版
首发日期：2020 年 8 月 14 日

青岛日报

作品简介

与一般的人物通讯处理方式不同，该作品以充满画面感的叙事手法和触手可及的接近性，把重大典型还原为真实的人和真实的事，包括张连钢的手术、艰苦的调研论证、内心深处的所思所想等细节，感情真挚而富有说服力。

新媒体展示

使用手机扫描下方二维码，即可观看本条获奖作品的新媒体展示。

获奖理由

2020 年 4 月 15 日，青岛港自动化码头创造了新的世界纪录。该报道完整展现了团队从国外考察碰壁到矢志不移自主创新，再到占据世界自动化码头制高点的心路历程，诠释了传承新时代奋斗精神、攻克世界技术难题的团队精神内核。

“嫦娥五号月球采样返回”系列报道

作品信息

作品类型：三等奖·文字通讯与深度报道
刊播单位：中国航天报社
报送单位：中国行业报协会
作　　者：郑恩红、索阿娣、赵聪、李淑姮
编　　辑：孙喆、贺喜梅、李庆勤
作品字数：3923 字、3015 字、1000 字
刊播版面：2 版、3 版、1 版
首发日期：2020 年 11 月 25 日

中国航天报

作品简介

2020 年，探月三期工程收官之战——嫦娥五号探测器月球采样返回是年度重磅科技事件之一。《中国航天报》以写史的心态记录下这些内容，并将这些信号传递给社会，极大地鼓励了科研团队，取得了非常好的社会效果。

获奖理由

该报道扎实深刻，既有全程跟踪体验式的细节描写，又有专业易懂的解剖麻雀式的科普讲解，很好地展现了嫦娥五号到月球“挖土”并将月壤带回中国的科技壮举，具有极强的正能量示范作用。

新媒体展示

使用手机扫描下方二维码，即可观看本条获奖作品的新媒体展示。

国家战略下的内蒙古煤炭之变

作品信息

作品类型：三等奖 · 文字通讯与深度报道
刊播单位：内蒙古日报社
报送单位：内蒙古新闻工作者协会
作　　者：许晓岚、李永桃、王玉琢
编　　辑：孙亚辉、张俊在
作品字数：2692 字
刊播版面：1 版、4 版
首发日期：2020 年 11 月 4 日

作品简介

文章选取世界首条百万吨级煤直接液化生产线、国内最大煤炭一体化项目等典型事例，在材料取舍、事例选用、深度延伸及标题制作等方面精心打造，深刻阐释了经济转型升级的重大现实意义。

新媒体展示

使用手机扫描下方二维码，即可观看本条获奖作品的新媒体展示。

获奖理由

本篇报道紧扣时代脉搏，主题策划精准，内容立意高远，叙述有个性有深度，表达方式鲜活传神，全面生动展示了内蒙古自治区发展现代能源经济“不唯煤、延伸煤、跨越煤”的生动实践。

不信东风唤不回

作品信息

作品类型：三等奖·文字通讯与深度报道
刊播单位：福建日报社
报送单位：福建省新闻工作者协会
作　　者：戴艳梅、王永珍
编　　辑：庄研、杨颖
作品字数：4300 字
刊播版面：要闻 2 版
首发日期：2020 年 4 月 13 日

作品简介

福建是纺织大省，民营经济蓬勃发展。新冠肺炎疫情突如其来，外贸出口的纺织化纤行业最先受到影响。本文对福建省纺织化纤行业展开调查，及时、生动地展现了企业抱团取暖、适时技改、危中寻机、伺机而动的“自救”行动。

获奖理由

本文通过深度调查，反映了面对疫情的影响，福建省纺织化纤行业努力复工复产的情形。文章刊发后，被中央媒体和省级门户网站及时转发，传播效果好。政企相关各方积极出台相关政策、举措，帮助产业链企业渡过难关。

新媒体展示

使用手机扫描下方二维码，即可观看本条获奖作品的新媒体展示。

当北京最大“菜篮子”突然摁下“暂停键”……
疫情来袭，新发地市场三位“经营大王”的奋斗和期待

作品信息

作品类型：三等奖 · 文字通讯与深度报道
刊播单位：新华每日电讯社
报送单位：复旦大学新闻学院
作　　者：孔祥鑫、吉宁、张骁
编　　辑：方立新、李斌、黄海波
作品字数：3802 字
刊播版面：6 版
首发日期：2020 年 6 月 30 日

作品简介

北京新发地聚集性疫情是国内疫情爆发以来一次较为严重的反弹，新发地市场作为华北地区最大的“菜篮子”万众瞩目，记者迅速独家采访到核心当事人——三位“经营大王”，反映疫情和市场现状。

新媒体展示

使用手机扫描下方二维码，即可观看本条获奖作品的新媒体展示。

获奖理由

该稿件选题角度独特、采访扎实、写作用心、社会传播效果良好。报道播发后，在稳定社会各方情绪的同时，也推动了新发地市场相关问题的解决，产生了积极的社会作用。

爬行的人也能顶天立地

——记“全国脱贫攻坚奋进奖”获得者、贵州印江牛倌王昭权

作品信息

作品类型：三等奖 · 文字通讯与深度报道
刊播单位：贵州日报社
报送单位：贵州省新闻工作者协会
作　　者：朱邪、邓钺洁、吴传娟
编　　辑：邓国超、李卫红、刘莹
作品字数：2273 字
刊播版面：1 版
首发日期：2020 年 10 月 19 日

贵州日报报业集团
GUIZHOU DAILY MEDIA GROUP

作品简介

作品挖掘、报道了王昭权自强不息的感人事迹。记者采取体验式采访的方式，随王昭权一起上山放牛，并采访当地干部群众，通过文、图、视频并举的融媒体表达方式，以小故事反映决胜脱贫攻坚这一大主题。

获奖理由

这篇报道在社会上引起了强烈反响，被人民网、中国残疾人网、搜狐网等全国数十家知名网站转载，新浪微博阅读量超过 100 万，天眼新闻阅读量达 40 万，读者纷纷评论称赞这位“普通人”的精神是如此的“不普通”。

新媒体展示

使用手机扫描下方二维码，即可观看本条获奖作品的新媒体展示。

Ancient Wisdom Helps in Pandemic Fight
(从中国传统文化中汲取抗疫智慧)

作品信息

作品类型：三等奖 · 文字通讯与深度报道
刊播单位：中国日报社
报送单位：中国日报社
作　　者：王茜、邢奕
编　　辑：姚英、王珊珊
作品字数：2020 字
刊播版面：4 版
首发日期：2020 年 5 月 29 日

作品简介

2020 年 5 月，在中国率先成功控制住疫情的情况下，美西方对中国疫情防控方式颇有微词。为更好地宣介中国抗疫经验，该报道从中国优秀传统文化入手，阐述传统文化在政府决策和中国人民众志成城抗疫行动中所发挥的重要作用。

新媒体展示

使用手机扫描下方二维码，即可观看本条获奖作品的新媒体展示。

获奖理由

该报道经过精心策划，深入挖掘中华传统文化的精神内核，充分体现了在中国共产党的坚强领导下，中华优秀传统文化赋予人民的强大精神动力。该报道视角独特，是从信息报道转向价值报道的成功典范。

"海外看战'疫'"系列报道

作品信息

作品类型：三等奖·文字通讯与深度报道
刊播单位：中国新闻社
报送单位：中国新闻社
作　　者：田冰、张红、陈孟统、张硕、吴旭、马佳佳、余瑞冬
编　　辑：吴庆才、王欢、吴丹凤
作品字数：887字、1622字、1113字
刊播版面：电讯通稿
首发日期：2020年2月10日

作品简介

新冠肺炎疫情爆发后，面对复杂严峻的国际舆论环境，中新社迅速策划部署，设置议题，内外联动，以"全球性"讲述人类命运共同体和中国担当的故事，30余篇原创报道形成一组有温度、有力度、有深度的系列报道。

获奖理由

"海外看战'疫'"系列报道紧跟疫情形势，反应快速，发力精准，增加了传播的有效性和可信性。报道借外嘴说话，及时回应舆论关切，被亚洲、北美洲、南美洲等境外具有影响力的主流华文报纸及网络媒体转载、采用。

新媒体展示

使用手机扫描下方二维码，即可观看本条获奖作品的新媒体展示。

2020 年 12 月 28 日《河北日报》2—3 版

作品信息

作品类型：三等奖·新闻版面
刊播单位：河北日报社
报送单位：中国新闻漫画研究会
作　　者：张灵、时兆华、展茂光
编　　辑：张润芳、徐国栋
刊播版面：开路先锋 2—3 版
首发日期：2020 年 12 月 28 日

作品简介

2020 年 12 月 27 日，京雄城际铁路全线通车。《河北日报》提前谋划，尽锐出战，精心制作，编辑出版了“聚焦京雄城际铁路全线开通运营特别报道”版面。该版面出版后，得到业内和读者的一致好评。

新媒体展示

使用手机扫描下方二维码，即可观看本条获奖作品的新媒体展示。

获奖理由

该版面内容丰富，以北京西站至雄安站铁路线路示意图斜向贯穿，主题突出，设计精美，图文并茂，气势磅礴，与“开路先锋”的主题相得益彰，充分体现了党报版面风采，是新闻版面的精品之作。

2020年10月23日《中国妇女报》2—3版

作品信息

作品类型：三等奖 · 新闻版面
刊播单位：中国妇女报社
报送单位：中国新闻漫画研究会
作　　者：吴瑛、张园园、王恒
编　　辑：张园园、王恒
刊播版面：2—3版
首发日期：2020年10月23日

作品简介

作为纪念中国人民志愿军抗美援朝出国作战70周年的特别报道，该版面独辟蹊径，从女性视角出发，以通版篇幅，图文并茂地回顾了广大中国妇女为保山河无恙，积极参与抗美援朝运动的事迹和卓越历史贡献。

获奖理由

该版面围绕重大主题，从女性视角挖掘抗美援朝中的典型样本，通过对诸多史料的详尽梳理和集中呈现，彰显广大中国妇女的家国情怀，凸显女报特色，是重大主题报道版面策划的出彩之作。

新媒体展示

使用手机扫描下方二维码，即可观看本条获奖作品的新媒体展示。

2020年1月2日《人民日报》要闻2版

作品信息

人民日报

作品类型：三等奖·新闻版面
刊播单位：人民日报社
报送单位：中国新闻漫画研究会
作　　者：王军、吴燕、蒋雪婕、吕莉、黄超、祁嘉润、郭雪岩、高璐瑜、田兴洲
编　　辑：杨涌、韩晓丽、彭俊
刊播版面：要闻2版
首发日期：2020年1月2日

作品简介

《人民日报》于2020年1月2日，在要闻2版以数据可视化形式重磅刊发专版“全面小康 冲锋号已经吹响”，充分展现“十三五”规划主要指标完成情况，突出呈现全面小康征程上的伟大历史性成就。

新媒体展示

使用手机扫描下方二维码，即可观看本条获奖作品的新媒体展示。

获奖理由

专题版面聚焦全面小康目标，涉及4个方面30多项目标要求，以制作精美的图表、插图，以大气灵动的视觉表达，以具体量化的成就数字，丰富了版面语言，取得了良好的传播效果。

零　读

作品信息

作品类型：三等奖·副刊作品
刊播单位：中国社会报社
报送单位：中国报纸副刊研究会
作　　者：李建永
编　　辑：张路曦
字　　数：1294 字
刊播版面：副刊 8 版
首发日期：2020 年 8 月 31 日

作品简介

杂文《零读》针对当下有些人以“工作节奏太快”等为借口发出的“工作都忙不过来，哪有闲工夫读书”之观点，鲜明地提出要在繁忙的工作中读书，将零碎时间利用起来读书。

获奖理由

文章短小精悍，语言简洁精练，格调健康向上，观点新颖精当，具有较强的思想性、艺术性与针对性。文章简明地阐述了读书不仅是生活和工作的必要，也是高尚而美好人生之必需。

新媒体展示

使用手机扫描下方二维码，即可观看本条获奖作品的新媒体展示。

一片叶子的重量

作品信息

光明日报

作品类型：三等奖·副刊作品
刊播单位：光明日报社
报送单位：中国报纸副刊研究会
作　　者：王国平
编　　辑：邓凯、李春利、包晗、樊荣
字　　数：7660 字
刊播版面：1 版
首发日期：2020 年 7 月 6 日

作品简介

2018 年 7 月 6 日，浙江省安吉县黄杜村 20 名农民党员给习近平总书记写信，提出捐赠茶苗帮助贫困地区群众脱贫。两年后，记者蹲点黄杜村采访，来到 20 名党员家里，逐一深谈，记录下他们的朴素心声。

新媒体展示

使用手机扫描下方二维码，即可观看本条获奖作品的新媒体展示。

获奖理由

《一片叶子的重量》将摆脱贫困、脱贫攻坚、乡村振兴等主题融于一体，通过精练、传神的笔墨，展现 20 名农民党员的个性风格和精神风貌。记者用心用情，写深写透，践行“四力”要求，彰显出新闻写作的工匠精神。

天下白头

作品信息

作品类型:三等奖·副刊作品
刊播单位:新民晚报社
报送单位:中国报纸副刊研究会
作　　者:彭瑞高
编　　辑:杨晓晖
字　　数:3914 字
刊播版面:A16 版
首发日期:2020 年 8 月 2 日

作品简介

小马从江苏盐城来上海浦东生活已 17 年,当他偶然得知高龄的、残疾的老人理发不便后,便热情上门为老人免费理发。从给个人理发,再到每月去敬老院服务众人,小马坚持了十多年。在他的带动下,一支为老人服务的志愿者队伍成立了。

获奖理由

全文场景生动,细节丰富,文字简洁,感情丰厚。上门理发给行动不便的老人带来了舒适感,维护了他们的尊严,他们由衷的感激令人感同身受。

新媒体展示

使用手机扫描下方二维码,即可观看本条获奖作品的新媒体展示。

金银潭 ICU 的呼吸

作品信息

作品类型：三等奖 · 新闻摄影
刊播单位：中国青年报社
报送单位：中国新闻摄影学会
作　　者：赵迪
编　　辑：曲俊燕
刊播版面：中青在线
首发日期：2020 年 3 月 6 日

中国青年报

作品简介

这组作品拍摄于武汉金银潭医院 ICU。作者从早晨到深夜“零距离”式记录下患者、医护人员的每一个细节，展现了从患者“接连不断”到 4 月“清零”，医护人员抢救患者的奋不顾身和生活的日常点滴。

新媒体展示

使用手机扫描下方二维码，即可观看本条获奖作品的新媒体展示。

获奖理由

金银潭医院是武汉新冠肺炎阻击战的标志性地点，是这场历史性事件的折射与见证。作者真诚地记录和表达，视角细腻、画面生动。在摄影语言方面，手法丰富、逻辑清晰，体现出作者的业务能力、社会责任感和勇气。

贵州山区“带货慢火车”重现繁忙

作品信息

作品类型：三等奖・新闻摄影
刊播单位：中国新闻社
报送单位：中国新闻摄影学会
作　　者：瞿宏伦
编　　辑：李慧思
刊播平台：中国新闻图片网
首发日期：2020 年 4 月 16 日

作品简介

往返于贵州省遵义市与重庆市的 5630/5629 次普速列车全程 312 公里，行驶 10 多个小时，区间最低票价 2 元。列车沿线 25 个站连通很多村寨，目前仍是当地群众赶集、购物的重要交通工具。记者拍摄了菜农上下车、在列车上交易的场景。

获奖理由

摄影作品呈现的是“带货慢火车”的繁忙场景以及菜农忙碌的身影，但更深层阐释的是疫情好转下遵义老百姓美好生活的重启。作品镜头语言丰富，呈现了随着国内疫情防控形势持续向好，列车逐渐恢复往日的繁忙的景象。

新媒体展示

使用手机扫描下方二维码，即可观看本条获奖作品的新媒体展示。

再见，索道
你好，公路

作品信息

作品类型：三等奖 · 新闻摄影
刊播单位：恩施日报社
报送单位：中国新闻摄影学会
作　　者：杨顺丕
编　　辑：邹洪涛、黎袁媛
刊播版面：视觉影像 4 版
首发日期：2020 年 12 月 19 日

恩施日報

作品简介

2013 年，记者来到恩施土家族苗族自治州鹤峰县铁炉白族乡渔山村采访，拍摄下这个偏远山村的群众坐索道“铁篮子”出村的镜头；7 年过去，记者再次回访渔山村，曾经的索道现在已成为网红观光景点。

新媒体展示

使用手机扫描下方二维码，即可观看本条获奖作品的新媒体展示。

获奖理由

作品围绕脱贫攻坚这一重大历史命题，选取群众出行变化这一切口，以朴素的拍摄手法真实反映了渔山村群众生活的变化，生动地展现了脱贫攻坚的伟大成果。作品时间跨度大，视觉冲击力强。

City Dreamers
（城市上空追梦人）

作品信息

作品类型：三等奖 · 新闻摄影
刊播单位：中国日报社
报送单位：中国新闻摄影学会
作　　者：胡志民
编　　辑：匡林华、张磊
刊播版面：12 版
首发日期：2020 年 12 月 21 日

作品简介

这组作品聚焦“城市上空的追梦人”——一群在超高层建筑工地上劳作的工人，他们在离地百余米的高空挥洒汗水，在追求个人美好生活的同时，也筑就了城市最美的天际线。摄影师历时 4 年，记录了城市不断长高背后的故事。

获奖理由

记者优先为主图定调，兼顾视角仰俯变化，并讲究图片意义和形式之间的呼应，用摄影语言、版面语言及文字礼赞了艰辛劳作的高空人，也描绘了一幅充满生机的新时代城市发展图景。

新媒体展示

使用手机扫描下方二维码，即可观看本条获奖作品的新媒体展示。

2020 珠峰高程测量

作品信息

作品类型：三等奖・新闻摄影
刊播单位：新华通讯社
报送单位：中国新闻摄影学会
作　者：集体
编　辑：集体
刊播版面：彩色通稿、中文对外专线、县级融媒体专线、新媒体专线
首发日期：2020 年 5 月 27 日

作品简介

新华社摄影部前方记者和后方编辑密切配合，对珠峰测高这一全国人民广泛关注的焦点事件进行了迅速、全面、生动的报道。作品时效性强，尤其是登顶快讯，实现了全网首发；前后方联动，精心采制重磅图片专题，首次实现珠峰高海拔 5 个营地的影像采集报道，独家发布全过程新闻图片，以全媒体影像方式立体、全景呈现珠峰攀登之路。

新媒体展示

使用手机扫描下方二维码，即可观看本条获奖作品的新媒体展示。

获奖理由

作品全程记录了登山队艰苦卓绝的攀登进程，壮美险绝的珠峰与登山队员无畏的身影互相映照，登顶的瞬间更是充分体现了“一图胜千言”的摄影魅力。现代化媒体运用科技手段完成图片的采集、传送与传播也是一大亮点。

昼夜奋战　抢救生命

作品信息

作品类型：三等奖・新闻摄影
刊播单位：泉州晚报社
报送单位：中国新闻摄影学会
作　　者：张九强
编　　辑：朱淇齐、张偲、苏智峰
刊播平台：泉州通客户端
首发日期：2020 年 3 月 8 日

作品简介

2020 年 3 月 7 日，福建欣佳酒店倒塌，71 人受困，引发社会强烈关注。记者第一时间奔赴现场，真实记录这一重大事件。记者在断壁残垣与瓦砾中，拍下每一个感人至深的救援瞬间，从多个角度、景别真实还原了不抛弃不放弃的救援行动。

获奖理由

作品既用强烈的视觉冲击突出了安全事故的警示性，又用细腻的光影展示了救援过程中“生命至上、人民至上”的坚守。一幅幅静止无声的画面，却能将人拉入到那个震撼人心的救援现场。

新媒体展示

使用手机扫描下方二维码，即可观看本条获奖作品的新媒体展示。

飒爽英姿

作品信息

作品类型：三等奖 · 新闻漫画
刊播单位：《讽刺与幽默》杂志社
报送单位：中国新闻漫画研究会
作　　者：孙宝欣
编　　辑：岳增敏、刘明、刘鹏
刊播版面：漫画生活 6 版
首发日期：2020 年 12 月 4 日

讽刺与幽默
CARTOON WEEKLY

作品简介

这幅画用古今人物做对比，形象生动地诠释了疫情下医护人员的担当与勇往直前。画面构图背景简洁明快，突出了人物的飒爽英姿，使人印象深刻。

新媒体展示

使用手机扫描下方二维码，即可观看本条获奖作品的新媒体展示。

获奖理由

作品构思巧妙，花木兰与可敬的女医务人员相互映衬，凸显出疫情面前，广大女医务工作者的担当，给人以力量和勇气，具有深刻的寓意和较高的艺术感染力，堪称抗疫作品中的精品力作。

拔毒务尽

作品信息

作品类型：三等奖 · 新闻漫画
刊播单位：法治日报社
报送单位：中国新闻漫画研究会
作　　者：高岳
编　　辑：张红梅、高燕
刊播版面：法律服务 · 说法 06 版
首发日期：2020 年 3 月 29 日

作品简介

2020 年是扫黑除恶专项斗争的收官之年和决胜之年，漫画体现了有关部门在扫黑除恶专项斗争中咬定目标不放松，“打伞破网”“打财断血”，有黑必扫、除恶务尽，为取得扫黑除恶专项斗争全面胜利，交出了一份让人民满意的答卷。

获奖理由

该作品意境深远、切中要害，展现了党中央扫黑除恶的坚定决心。作品通过手绘线稿、电脑上色相结合的方式绘制完成，画面主题突出、繁简有度，视觉冲击力强；绘画语言表达准确、立意鲜明，紧扣文章主题，反映现实。

新媒体展示

使用手机扫描下方二维码，即可观看本条获奖作品的新媒体展示。

香港国安法：自家装“防盗锁”，岂容他人指手画脚？

作品信息

作品类型：三等奖·新闻漫画
刊播单位：中央广播电视总台
报送单位：中国新闻漫画研究会
作　　者：张志洁
编　　辑：范昀、梅焰、魏威、苑欣
刊播平台：CGTN 微博
首发日期：2020 年 6 月 26 日

中央广播电视总台
CHINA MEDIA GROUP

作品简介

该漫画把香港国安法比喻成一把锁，以此防范以美国为首的一些别有用心的外部势力的渗透，突出了香港国安法对于维护香港安全与稳定的重要意义和作用，也讽刺了美国在中国香港问题上妄图破坏中国稳定的政治目的。

新媒体展示

使用手机扫描下方二维码，即可观看本条获奖作品的新媒体展示。

获奖理由

针对西方媒体对香港国安法出台制造的负面舆论，该漫画通过生动的类比，用国安法这把“锁”将不怀好意的“贼”挡在门外，保护家的安全，直观且通俗易懂地阐明国安法的重要意义，有效实现观点的传播。

范登铅捐船

作品信息

作品类型：三等奖 · 广播消息
刊播单位：山东广播电视台
报送单位：山东省新闻工作者协会
作　　者：李伟、赵婧、彭寿熙
编　　辑：曹进
作品时长：3 分 55 秒
刊播栏目：综合广播《山东新闻联播》
首发日期：2020 年 11 月 30 日

作品简介

脱贫攻坚收官之年，山东沿黄 60 万滩区百姓告别水患，搬进了稳稳的新家。记者对这一历史性巨变进行了全程跟踪采访，通过“捐船”这一代表性事件，展现出脱贫攻坚给老百姓生活带来的巨大变化。

获奖理由

一位 70 岁的老人，捐出他相伴一生的船，折射出山东 60 万滩区百姓命运的改变，也是全国脱贫攻坚奔小康工作成果的真实写照。作品现场音响丰富，采访生动感人，落笔精练而充满张力，整体感染力强，听来令人动容，久久回味。

新媒体展示

使用手机扫描下方二维码，即可观看本条获奖作品的新媒体展示。

28 个“临时妈妈”，谢谢你们！

作品信息

作品类型：三等奖·广播消息
刊播单位：广东广播电视台
报送单位：广东省新闻工作者协会
作　　者：罗苏
编　　辑：张蔚妍、刘远飞、陈炯
作品时长：3 分 54 秒
刊播栏目：广东新闻广播《早晨新闻》
首发日期：2020 年 2 月 9 日

广东广播电视台

作品简介

除夕夜，广州一家多人确诊新冠肺炎，剩下 2 岁的强强无人照顾。医院决定把强强接来，28 位医护人员成为“临时妈妈”，利用下班时间轮流照顾他。记者记录了他们告别的温情时刻，用鲜活的录音定格疫情下的动人瞬间。

新媒体展示

使用手机扫描下方二维码，即可观看本条获奖作品的新媒体展示。

获奖理由

记者立足现场，采访扎实到位，音响丰富，将故事娓娓道来，富有感染力。整篇报道非常鲜活，记者聚焦战“疫”一线的人性之光，记录真实的情感，用“小故事”传递“大温暖”，展现了医护人员的大爱与担当。

郭建雄种植“黑金刚”成“网红”

作品信息

作品类型：三等奖 · 广播消息
刊播单位：固原市新闻传媒中心
报送单位：宁夏回族自治区新闻工作者协会
作　　者：郭佳、张炜、张旭、史小美
编　　辑：张炜、郭佳
作品时长：3 分 42 秒
刊播频道：固原市广播电视台综合广播（FM93.8 兆赫）
首发日期：2020 年 10 月 14 日

作品简介

当地退伍军人郭建雄通过流转家乡 1300 余亩闲置土地，成功试种马铃薯优良品种“黑金刚”，取得了显著的经济效益，郭建雄因此而成为“网红”。记者通过现场采访，真实客观地报道了农民郭建雄的事迹。

获奖理由

作品采访扎实、主题鲜明，大量运用接地气的群众语言，有较强的现场感，既反映重大主题又有地方特色。作品立意深远、时代感强，具有深刻的社会意义，引导更多农民热爱家乡、扎根农村，在实施乡村振兴战略中建功立业。

新媒体展示

使用手机扫描下方二维码，即可观看本条获奖作品的新媒体展示。

中国首宗成功交易的雨水资源正式投入使用

作品信息

作品类型：三等奖·广播消息
刊播单位：湖南广播电视台
报送单位：湖南省新闻工作者协会
作　　者：钟林、于红臣
编　　辑：牛嵩峰、何良璋、刘永平
作品时长：2 分 51 秒
刊播栏目：FM93.8《潇湘之声》
首发日期：2020 年 12 月 16 日

作品简介

全国首宗“雨水交易”在长沙成交。记者抓住这一独家新闻线索，现场见证第一车雨水的使用过程，通过现场采访相关企业负责人、专家，展现雨水交易的背景、目的及意义。报道内容由浅入深，具有很强的现实意义。

新媒体展示

使用手机扫描下方二维码，即可观看本条获奖作品的新媒体展示。

获奖理由

该消息选材新鲜，新闻性强；广播特色鲜明，由浅入深、层层递进，文字干净凝练，声音丰富多元。该消息所呈现的长沙经验可复制、可推广，为全国开展海绵城市建设，以及自然资源的合理开发提供了新思路。

别了，方舱！

作品信息

作品类型：三等奖 · 广播消息
刊播单位：湖北广播电视台
报送单位：湖北省新闻工作者协会
作　　者：向秀、刘爽
编　　辑：洪燕、梁延
作品时长：3 分 15 秒
刊播栏目：湖北特别之声《我们在一起》
首发日期：2020 年 3 月 10 日

湖北广播电视台
HUBEI MEDIA GROUP

作品简介

自武汉市首批三家方舱医院开建，记者连续一个多月跟进采访。作品从方舱医院的建设、全国医护人员的驰援等方面，生动反映中国制度优势。作品现场音响和历史音响交替、客观数据和感性表达兼具，在感人至深的同时引人深思。

获奖理由

作品以武汉最后一家方舱医院休舱为切入口，对新闻事件进行全面梳理、深度挖掘，紧扣“人民至上、生命至上”的理念，既有力度又有温度。作品播出后，社会反响强烈，为抗疫走向胜利凝聚起强大的正能量。

新媒体展示

使用手机扫描下方二维码，即可观看本条获奖作品的新媒体展示。

实现500亿目标
柳州螺蛳粉还需破解潜在危机

作品信息

作品类型：三等奖 · 广播评论
刊播单位：柳州市广播电视台
报送单位：广西壮族自治区新闻工作者协会
作　　者：周绍洪、黄书恬、祝婧
编　　辑：杨文智
作品时长：10分8秒
刊播栏目：柳州综合广播《1029说柳州说天下》
首发日期：2020年12月28日

柳州市广播电视台

作品简介

作者在本篇述评中，以袋装柳州螺蛳粉产销突破百亿新闻发布会为由头，从提出行业问题，到社会各行人士对柳州螺蛳粉整个行业现状的分析，夹叙夹议，抓住了高质量发展这个时代主题，体现了广播新闻述评的深度。

新媒体展示

使用手机扫描下方二维码，即可观看本条获奖作品的新媒体展示。

获奖理由

该新闻述评以螺蛳粉这一地方小吃为切入口，突出柳州这座工业城市发展“智能制造”的大主题，从生产企业、行业部门、产业科研机构、院校等多元角度对行业智能发展进行解读，以微窥宏，循序递进，论证严密。

规范“刷脸”
严防“丢脸”

作品信息

作品类型：三等奖 · 广播评论
刊播单位：杭州人民广播电台
报送单位：杭州人民广播电台
作　　者：叶璐、章凯静
编　　辑：熊丽、郑媛
作品时长：7 分 45 秒
刊播栏目：综合广播《杭州 89 点》
首发日期：2020 年 12 月 30 日

作品简介

记者对首例消费者起诉商家的案件进行了报道并持续关注，围绕人脸识别技术带来的安全隐患问题，采访了案件当事人等，并编辑了此篇评论，从立法、监管等角度提出了规范“刷脸”、严防“丢脸”的建设性意见。

获奖理由

作品论述精当、点评到位，具有较强的现实意义。作品针对“刷脸”容易“丢脸”这一现象，夹叙夹议、层层剖析，重点探讨了个人信息采集、存储、使用和隐私保护的边界问题，唤醒了个人、企业的法律意识。

新媒体展示

使用手机扫描下方二维码，即可观看本条获奖作品的新媒体展示。

银行保函开具微调查，可改进的空间遍地都是

作品信息

作品类型：三等奖 · 广播评论
刊播单位：上海广播电视台
报送单位：上海市新闻工作者协会
作　　者：何周导、胡旻珏
编　　辑：沈馨
作品时长：5 分 50 秒
刊播栏目：FM93.4《990 早新闻》
首发日期：2020 年 5 月 11 日

上海广播电视台
上海文化广播影视集团有限公司
SHANGHAI MEDIA GROUP

作品简介

这篇调查报道源于一家小微企业的真实遭遇。记者得知情况后，即以小微企业办理预付款保函为题，进行了扎实的采访和深入的调查，并指出，支持中小微企业，银行系统可以改进的空间遍地都是。

新媒体展示

使用手机扫描下方二维码，即可观看本条获奖作品的新媒体展示。

获奖理由

该报道从上海一家中小微企业在国有大行开具保函被拒的遭遇切入。记者多方走访、详尽调查，在此基础上提出鲜明观点。评论扎实有力，充分体现了主流媒体的责任和担当，有力推动了上海银行业相关工作的改进。

安吉有个“矛盾终点站”

作品信息

作品类型：三等奖 · 广播新闻专题
刊播单位：安吉广播电视台
报送单位：浙江省新闻工作者协会
作　　者：施亚军、谢晓欢、陈中杰、郭彧灼、章丹、高明
编　　辑：施亚军、莫莉莉
作品时长：9 分 51 秒
刊播栏目：安吉人民广播电台《小城大事》
首发日期：2020 年 12 月 26 日

安吉广播电视台

作品简介

记者对安吉县、乡、村三级矛调中心进行了不间断的跟踪采访，翔实记录了矛调中心“一站式受理、一揽子调处、全链条解决”的运行模式，展现了安吉“把问题解决在基层、把矛盾消除在萌芽状态”的典型做法。

获奖理由

该作品通过翔实的案例，生动展现了安吉县矛调中心“只进一扇门、最多跑一地、事事有着落、件件有回音”的多元化解和集成服务。作品采访扎实，故事性和可听性强，提升了地方经验的样本借鉴性和参考价值。

新媒体展示

使用手机扫描下方二维码，即可观看本条获奖作品的新媒体展示。

向死而生，无畏逆行

作品信息

作品类型：三等奖 · 广播新闻专题
刊播单位：广州市番禺区融媒体中心
报送单位：广东省新闻工作者协会
作　　者：杜碧茵、苏诏辉、禤旭英、林劲、陈敏、梁伟晋
编　　辑：苏诏辉、陈敏
作品时长：25 分
刊播栏目：FM101.7《醒神出发》
首发日期：2020 年 5 月 8 日

作品简介

节目组前往广东省中医院对抗疫英雄“德叔”进行专访，并连续数天对“德叔”的同事、家人进行采访，收集了大量的声音素材。作品真实、客观、全面、高质量地展现了“德叔”们的抗疫历程，向所有平凡英雄致敬。

新媒体展示

使用手机扫描下方二维码，即可观看本条获奖作品的新媒体展示。

获奖理由

本新闻专题以展现人物最真实的内心为特点，为听众呈现了一部主题鲜明、情节跌宕、感情细腻真挚的作品。“德叔”这些出自本性的表现生动诠释了“生命至上、举国同心、舍生忘死、尊重科学、命运与共”的伟大抗疫精神。

澜沧江畔山乡巨变

作品信息

作品类型：三等奖·广播新闻专题
刊播单位：青海广播电视台
报送单位：青海省新闻工作者协会
作　　者：集体
编　　辑：才春燕、于冠楠
作品时长：8分
刊播栏目：交通音乐广播《带你去远方》
　　　　　《生活365》
首发日期：2020年12月30日

作品简介

记者深入一线，多角度挖掘时代典型人物，这当中有获得全国脱贫攻坚先进个人的扶贫局长郭晓荣、大桥村支部书记安万扎麦、优秀援青干部尚杰等鲜活人物。报道实现了多渠道、立体化传播，做到了广播与新媒体的深度融合。

获奖理由

主创人员深入山间牧区，用心记录，作品角度新颖，鲜活生动地展现了囊谦群众的获得感、幸福感、安全感。作品播出后引起强烈社会反响，囊谦县自力更生、艰苦奋斗的历程，成为青海玉树藏区脱贫攻坚的一个缩影。

新媒体展示

使用手机扫描下方二维码，即可观看本条获奖作品的新媒体展示。

石榴红了

作品信息

作品类型：三等奖 · 广播新闻专题
刊播单位：江苏省广播电视总台（集团）
报送单位：江苏省新闻工作者协会
作　　者：周洋、王德俭、王卫刚、严园园
编　　辑：李轩、姜奇卉
作品时长：16 分 54 秒
刊播栏目：《新闻故事》
首发日期：2020 年 9 月 10 日

江苏省广播电视总台（集团）
JiangSu Broadcasting Corporation

作品简介

记者巧妙地从 2019 年当地孩子实现梦想入手，展现梦想“开花结果”的过程，并由宁蒗普遍种植的石榴树穿针引线，以石榴的生长、开花、结果寓意“海安舅舅”32 年的接力支教，谱写教育扶贫和民族团结的赞歌。

新媒体展示

使用手机扫描下方二维码，即可观看本条获奖作品的新媒体展示。

获奖理由

《石榴红了》创作团队通过近两年的接续报道，全面展现了海安宁蒗支教教师的动人故事。作品广播特色鲜明、细节动人，既饱含着生活气息，有“泥土”味，也有“诗和远方”的浪漫与责任。作品主题重大，影响广泛，意义深远。

长江沿线新闻广播防汛应急联合报道“2020 保卫长江”系列报道

作品信息

作品类型：三等奖 · 广播新闻专题
刊播单位：重庆广播电视集团（总台）
报送单位：重庆市新闻工作者协会
作　　者：高霞、王森、余远贞、万睿
编　　辑：高霞
作品时长：51 分 15 秒
刊播栏目：重庆之声《追问新闻》
首发日期：2020 年 7 月 15 日

作品简介

该系列报道除及时报道重庆市防汛救灾最新消息外，还报道了整个长江流域的防汛救灾情况，并综合运用图文、音频、短视频等形式，与微信及其他新媒体平台形成融合报道矩阵，吸引了大量用户关注。

获奖理由

该作品采访扎实、内容丰富、现场感强，报道视角延伸至整个长江流域，站位高、大局意识强、融合报道有特色。作品刊播后取得较好的传播效果，为防汛救灾营造了良好的舆论氛围，凝聚起重庆人民万众一心、共克时艰的磅礴力量。

新媒体展示

使用手机扫描下方二维码，即可观看本条获奖作品的新媒体展示。

破"疫"2020
——疫情大考下的社区之治大讨论

作品信息

作品类型：三等奖·广播新闻访谈节目
刊播单位：上海广播电视台
报送单位：中国广播电视社会组织联合会
作　　者：集体
编　　辑：张明霞、李军
作品时长：48分48秒
刊播栏目：上海新闻广播《市民与社会》
首发日期：2020年6月4日

SMG
上海广播电视台
上海文化广播影视集团有限公司
SHANGHAI MEDIA GROUP

作品简介

这是一场彰显疫情下中国开放形象的深度访谈。访谈场地设在被称作"小小联合国"的上海虹桥国际社区，对话围绕入境人士对上海的防控措施，从不理解到合作，最终到融入社区联防联控的过程展开，生动而富有感染力。

新媒体展示

使用手机扫描下方二维码，即可观看本条获奖作品的新媒体展示。

获奖理由

作品具有较高的政治站位和新闻立意，聚焦被称作"小小联合国"的上海虹桥国际社区，通过外籍人士"现身说法"，有力回击美西方抹黑中国的言论，解答了中国抗疫为什么能成功的问题，从"社区之治"透视"中国之治"。

民法典，将怎样改变我们的生活

作品信息

作品类型：三等奖·广播新闻访谈节目
刊播单位：北京广播电视台
报送单位：中国广播电视社会组织联合会
作　　者：章维、闫子昂
编　　辑：章维
作品时长：29 分 40 秒
刊播栏目：北京城市广播《城市文化范》
首发日期：2020 年 6 月 6 日

作品简介

节目在第一时间邀请参与起草的专家和知名民法律师，以民法典的“编”为线索，按“编”推进，结合民法案例中的现实情况，分析法律出台的社会背景，并结合世界大背景，说清楚民法典的重要性和人性化。

获奖理由

在民法典相关话题火热之时，节目适时推出。嘉宾选择既有权威性，又接地气。节目既不回避热点焦点，又在当前社交网络关注的话题上做拓展。主持人从听众角度出发，多问“百姓角度”的问题，起到“以正视听”的效果。

新媒体展示

使用手机扫描下方二维码，即可观看本条获奖作品的新媒体展示。

她是：李铁蛋、李大侠、李劳模、李代表

作品信息

作品类型：三等奖 · 广播新闻访谈节目
刊播单位：常州广播电视台
报送单位：中国政法大学光明新闻传播学院
作　　者：黄江、陈珺、陈啸剑、夏红平
编　　辑：陈珺
作品时长：20 分 47 秒
刊播版面：常州新闻综合广播《1034 听天下》
首发日期：2020 年 12 月 20 日

常州广播电视台

作品简介

20 分钟的专访，生动地展示了人物的风采，从外表活泼到内心强大，从昨天的奋斗到今天的成功，从普通工人到劳模和人大代表，从本人叙述到工友倾吐，细节生动自然，让听众感受到社会的平等正义之光。

新媒体展示

节目构思精巧，故事情节环环相扣，虽然讲述的只是一个底层劳动者个体奋斗的故事，却从侧面为中国政体的合法性、中国社会主义民主及社会公平等核心价值观提供了坚实的注脚，具有强有力的舆论引导力。

获奖理由

使用手机扫描下方二维码，即可观看本条获奖作品的新媒体展示。

攀岩打岩钉赔600万，自然遗产不容损毁

作品信息

作品类型：三等奖·广播新闻访谈节目
刊播单位：江西广播电视台
报送单位：中国广播电视社会组织联合会
作　　者：凌洁、刘乐明
编　　辑：刘乐明
作品时长：26分8秒
刊播栏目：江西综合新闻频率《新闻1+2》
首发日期：2020年1月7日

作品简介

《新闻1+2》敏锐抓住这例故意损毁自然遗产和名胜古迹民事公益诉讼案件宣判的时间点，邀请参与该案审判指导的省政府立法咨询专家，紧扣当时有争议的热点问题，就这一案件的特殊性、复杂性、探索性进行深入点评和探讨。

获奖理由

该访谈从法律角度切入，对驴友在三清山巨蟒峰山体楔入攀岩钉的行为进行了分析。节目内容深入、角度全面、观点权威，不仅举案说法，普及法律知识，而且就本案的社会意义进行了专业探讨。

新媒体展示

使用手机扫描下方二维码，即可观看本条获奖作品的新媒体展示。

泉州欣佳酒店突发楼体坍塌事故紧急救援现场直播

作品信息

作品类型:三等奖·广播新闻现场直播
刊播单位:福建省广播影视集团
报送单位:中国广播电视社会组织联合会
作　　者:集体
编　　辑:林凡、李寰、廖小珍
作品时长:57 分 53 秒
刊播栏目:福建交通广播、福建私家车广播并机直播特别节目
首发日期:2020 年 3 月 9 日

福建省广播影视集团
FUJIAN MEDIA GROUP

作品简介

2020 年 3 月 7 日 19 时 14 分,泉州市鲤城区欣佳酒店楼体突发坍塌事故,71 人被困。福建交通广播立刻启动一级应急响应,派出多路记者冒雨赶往事故现场,对救援过程等现场实况进行全方位报道。

新媒体展示

使用手机扫描下方二维码,即可观看本条获奖作品的新媒体展示。

获奖理由

作品新闻性强,音响丰富,现场细节抓取及时到位,直播很有感染力,带给听众身临其境的感觉。直播中有来自一线的生动连线,也有与听众、网友的温暖互动,充分体现了广播融媒体直播的魅力。

2020年9月18日《晚间新闻浏览》

作品信息

作品类型：三等奖·广播新闻节目编排
刊播单位：陕西广电融媒体集团（陕西广播电视台）
报送单位：中国广播电视社会组织联合会
作　　者：刘斌、张卓琳
编　　辑：姚永杰、李宏杰
作品时长：27分18秒
刊播栏目：《晚间新闻浏览》
首发日期：2020年9月18日

作品简介

2020年9月18日正值习近平总书记发表关于黄河流域生态保护和高质量发展重要讲话一周年，同时也是“九一八”事变八十九周年纪念日，编辑以此为出发点，通过不同角度，科学编排，节目收到了很好的宣传效果。

获奖理由

这期节目的新闻编排很新颖，发出了主流声音。编排的重头新闻“黄河流域生态保护和高质量发展协作区第三十一次联席会议召开”、系列报道“我家住在黄河边——走进黄河入陕第一县榆林府谷”，是社会高度关注的新闻。

新媒体展示

使用手机扫描下方二维码，即可观看本条获奖作品的新媒体展示。

最暖心的延误：推迟 8 小时
厦门航空顺利接回 96 名中国同胞

作品信息

作品类型：三等奖 · 电视消息
刊播单位：厦门广播电视集团
报送单位：厦门大学新闻传播学院
作　　者：孙茜、姚婕、庄冠俊
编　　辑：邱建浩、谢芳芳
作品时长：3 分 54 秒
刊播栏目：《厦视直播室》
首发日期：2020 年 6 月 2 日

作品简介

报道紧抓细节，国旗、厦航的温馨语音等既暖心又暖情，使得整个报道有细节有温度，令人回味、印象深刻。截至 2021 年 5 月底，该报道在厦门广电微信公众号上的点击量近 3 万次，抖音号的点击量 28 万次，获得近 7000 次点赞。

新媒体展示

使用手机扫描下方二维码，即可观看本条获奖作品的新媒体展示。

获奖理由

记者全程采访拍摄了滞留海外的同胞走出机场，回到祖国怀抱时的情景，并通过留学生在洛杉矶拍摄的视频，真实记录了疫情下，境外中国同胞曲折的回国路程和他们对祖国的真情实感。

藏族老阿妈阻击疫情的三件事

作品信息

作品类型：三等奖 · 电视消息
刊播单位：西藏广播电视台
报送单位：西藏自治区新闻工作者协会
作　　者：云梅、丁增、次仁多吉、拉巴平措
编　　辑：李森、德吉央宗
作品时长：3 分 52 秒
刊播栏目：《西藏新闻联播》
首发日期：2020 年 3 月 4 日

作品简介

看电视，关注疫情；捐款，献爱心；当义务宣讲员，劝导大家做好防护。这就是年过古稀的藏族老阿妈维色卓玛阻击疫情的三件事。记者先后三次前往维色卓玛老阿妈家中，记录老阿妈为阻击疫情所做的点滴行动。

获奖理由

作品以小切口反映大主题，以一位普通藏族老阿妈在疫情期间的捐款善举，反映西藏人民与全国人民和衷共济、同心战“疫”的决心和信心，进一步彰显出铸牢中华民族共同体意识在西藏的生动实践。作品主题突出，制作精细，社会反响良好。

新媒体展示

使用手机扫描下方二维码，即可观看本条获奖作品的新媒体展示。

量子计算原型机"九章号"在中国诞生运算速度世界第一

作品信息

作品类型：三等奖·电视消息
刊播单位：安徽广播电视台
报送单位：安徽省新闻工作者协会
作　　者：方田、凌和平
编　　辑：宋敏、帅俊全
作品时长：2 分 47 秒
刊播栏目：安徽卫视《安徽新闻联播》
首发日期：2020 年 12 月 4 日

AHRTV 安徽广播电视台

作品简介

在稿件写作过程中，记者尽可能用通俗的语言向观众介绍这一科研成果。编辑过程中，记者恰当使用了三维动画模拟的方式，形象直观地展示了这台量子计算原型机的工作过程。

新媒体展示

使用手机扫描下方二维码，即可观看本条获奖作品的新媒体展示。

获奖理由

稿件在当天的《安徽新闻联播》和中央广播电视总台《新闻联播》先后播出后，传统媒体和新媒体纷纷转载转发，达到刷屏效果，形成现象级的传播之势。

甘肃科技为月面五星红旗添上浓墨重彩的一笔

作品信息

作品类型：三等奖 · 电视消息
刊播单位：甘肃省广播电视总台
报送单位：甘肃省新闻工作者协会
作　　者：孙亮、赵宏杰
编　　辑：孙亮
作品时长：2 分 33 秒
刊播频道：甘肃卫视
首发日期：2020 年 12 月 17 日

作品简介

记者第一时间通过动画演示，生动展现国旗在月面精彩亮相的瞬间，揭秘中科院兰州化物所历经数十年研制的“小零件”如何为“胖五”提供技术支撑，借助媒介向大众科普航天知识。

获奖理由

央视网、搜狐网、网易、中国甘肃网、丝路明珠网、视听甘肃 App 等国内、省内主要网站、客户端都对该消息进行了及时转载，仅搜狐网当天点击量就突破了 6 万次，收到了良好的社会传播效果。

新媒体展示

使用手机扫描下方二维码，即可观看本条获奖作品的新媒体展示。

贫困人口最多的贵州省今天整体脱贫
全国所有贫困县摘帽

作品信息

作品类型：三等奖 · 电视消息
刊播单位：贵州广播电视台
报送单位：贵州省新闻工作者协会
作　　者：集体
编　　辑：王先宁、刘玮
作品时长：1 分 30 秒
刊播栏目：贵州卫视《新闻延长线》
首发日期：2020 年 11 月 23 日

作品简介

作品站位全国，跳出贵州看成就；语言精练，新闻点抓取精准；时长短、信息量大、讲述维度多，既有数据实证，又有国际专家解读，将贵州发展融入国家战略、全球发展大势中解读，以小见大，见微知著。

新媒体展示

使用手机扫描下方二维码，即可观看本条获奖作品的新媒体展示。

获奖理由

节目充分展现了作为全国脱贫攻坚主战场的贵州，感恩奋进，牢记嘱托，坚守发展和生态两条底线，后发赶超的热烈氛围和经济社会发展的巨大成效，让全国观众对贵州的成就一目了然，树立了全国脱贫攻坚的贵州样板。

记者探访育民小学:教学正常部分学生完成核酸检测

作品信息

作品类型:三等奖 · 电视消息
刊播单位:中国教育电视台
报送单位:中国广播电视社会组织联合会
作　　者:张平、田立、孟小曼、游勇超
编　　辑:高杰
作品时长:3 分 12 秒
刊播栏目:《教育新闻直播间》
首发日期:2020 年 6 月 12 日

中国教育电视台
CHINA EDUCATION TELEVISION

作品简介

记者在北京新冠肺炎疫情新发的第一时间,赶赴新增首例确诊病例孩子所在学校,探访学校的应对措施。作品抓住了最新、最生动的现场,突出了教育特色,回应了社会关切,并通过记者 vlog 的形式,增强了现场感。

获奖理由

报道通过鲜活的 vlog 形式,对疫情所涉学校进行了全面的报道,对有关部门的应对措施进行了及时的解读,及时回应了舆情,反映了疫情防控情况,避免了谣言和恐慌情绪的进一步蔓延,获得了观众的广泛好评。

新媒体展示

使用手机扫描下方二维码,即可观看本条获奖作品的新媒体展示。

小西湖里的别样团圆

作品信息

作品类型：三等奖·电视消息
刊播单位：南京广播电视台
报送单位：南京广播电视台
作　　者：周茉莉、姚翔、张博阳、张心宇
编　　辑：魏征
作品时长：3 分 52 秒
刊播栏目：《南京新闻》
首发日期：2020 年 10 月 1 日

南京广播电视台

作品简介

2020 年 10 月 1 日，国庆节，也是中秋节，家国同圆，南京城南十多位老街坊一起来到改造即将完工的老宅聚会。本片以此切入，展现了一年多来南京夫子庙小西湖片区“小尺度、渐进式”微更新改造的变化。

新媒体展示

使用手机扫描下方二维码，即可观看本条获奖作品的新媒体展示。

获奖理由

记者在改造初期即跟进采访，历时一年多。由于长期跟拍，记者与居民、专家和建设方代表打成一片，使得居民面对镜头时很放松，交流生动感人，一条消息的传播效果不亚于一部专题片。

胡湘平：攻坚克难的中国决心

作品信息

作品类型：三等奖·电视评论
刊播单位：湖南广播电视台
报送单位：湖南省新闻工作者协会
作　　者：龚政文、徐蓉、尹中
编　　辑：张冰宇、廖麒、邓煦皎
作品时长：2分4秒
刊播栏目：湖南卫视《湖南新闻联播》
首发日期：2020年5月22日

湖南广播电视台
Hunan Broadcasting System

作品简介

该作品为十三届全国人大三次会议开幕当天配发的评论。该评论围绕政府工作报告展开论述，彰显了在抗击疫情的伟大斗争中和加快经济复苏过程中，中国制度、中国行动、中国主张、中国经验为世界注入的强大信心和力量。

获奖理由

评论《胡湘平：攻坚克难的中国决心》虽短小精悍，却字字千钧、逻辑严密、言简意赅、层次分明、语言生动、思想深刻、表达有力，给人以信心和力量，确为评论佳作。

新媒体展示

使用手机扫描下方二维码，即可观看本条获奖作品的新媒体展示。

智能生活
不能“屏蔽”老人

作品信息

作品类型：三等奖 · 电视评论
刊播单位：四川广播电视台
报送单位：四川省新闻工作者协会
作　　者：王茂羽、黄欣、刘圆梦、王伟、凌珂
编　　辑：薛怀刚、唐婵
作品时长：15 分 6 秒
刊播栏目：四川卫视《今日视点》
首发日期：2020 年 11 月 25 日

作品简介

作品坚持问题导向，主创团队深入践行“四力”，历时一个多月时间走访医院、地铁、火车站、银行等多个智能设备应用场景，采用现场跟拍、抓拍、专访等形式，将镜头聚焦面临数字鸿沟的老人。

新媒体展示

使用手机扫描下方二维码，即可观看本条获奖作品的新媒体展示。

获奖理由

作品题材典型、观点鲜明、层次清晰，调查翔实具体，分析问题客观深入，陈述观点有理有据，见人见事见思想，有态度、有深度、有温度，既有理性思考也有情感共鸣。

点亮西合休乡新生活

作品信息

作品类型：三等奖·电视新闻专题
刊播单位：新疆广播电视台
报送单位：新疆维吾尔自治区新闻工作者协会
作　　者：秦拓、周光磊、刘慧、胡志强、车夫(马先明)
编　　辑：刘慧、赖莉莎、姜晓丽
作品时长：11分1秒
刊播栏目：新疆卫视《今日聚焦》
首发日期：2020年10月23日

中国新疆广播电视台

作品简介

记者三次前往喀喇昆仑山，用镜头记录下在高山绝壁架设电力线路的艰难进程、牧民给电力工人送羊的感人现场以及通电后乡亲们创造美好生活的奋斗场景，以小见大，用一条电力线路的架设，串联起党对边疆地区的厚爱。

获奖理由

作品主题鲜明，“共产党打江山、守江山，守的是人民的心”，党和国家投入巨额资金，关怀边境乡各族群众的生活，是“人民至上”理念在新疆的生动实践，这里的群众也用忠诚和担当感恩党和国家。

新媒体展示

使用手机扫描下方二维码，即可观看本条获奖作品的新媒体展示。

大山里的合唱团

作品信息

作品类型：三等奖·电视新闻专题
刊播单位：湖南广播电视台
报送单位：湖南大学新闻传播与影视艺术学院
作　　者：范林、孙超、李银、孙璞
编　　辑：王飘岩、李欢
作品时长：29 分
刊播栏目：湖南卫视《新闻当事人》
首发日期：2020 年 7 月 5 日

作品简介

本期节目通过记录跟拍的方式，用大量实况讲述了“田野特色音乐教学”“感恩老师”“合唱以后”等几个场景的真实故事，并记录了孩子们第一次走进大学校园，在专业的合唱实训教室排练的全过程。

新媒体展示

使用手机扫描下方二维码，即可观看本条获奖作品的新媒体展示。

获奖理由

作品以小切口、新视角展现“扶贫先扶志”的主题，内容真实生动，人物情感真挚，用小切口贴合脱贫攻坚的时代大背景，其中展现出的理想主义精神具有打动人心的力量，对于从根本上改变农村精神面貌具有典型引导价值。

我脱贫了

作品信息

作品类型：三等奖 · 电视新闻专题
刊播单位：吉林广播电视台
报送单位：吉林省新闻工作者协会
作　　者：集体
编　　辑：集体
作品时长：3 分 50 秒
刊播栏目：《新闻早报》
首发日期：2020 年 12 月 24 日

作品简介

《我脱贫了》系列报道以"自拍＋记录"的呈现方式，让脱贫百姓成为节目拍摄和表现的主角，记者不再是采访主体，而是更多地负责创意策划、信息提炼、素材编辑制作等工作。报道呈现了生动的脱贫故事，展现了脱贫攻坚的成果。

获奖理由

节目制作理念新颖，切入角度新巧，以脱贫百姓为第一视角，让他们自拍自述，原汁原味地讲述"我"的脱贫故事和感受，其家人、乡亲同步记录他们的自拍过程，呈现出真实的力量和原生态的魅力。

新媒体展示

使用手机扫描下方二维码，即可观看本条获奖作品的新媒体展示。

垄上春行

作品信息

作品类型：三等奖 · 电视新闻专题
刊播单位：湖南省娄底市广播电视台
报送单位：中国政法大学光明新闻传播学院
作　　者：杨静、彭鹏
编　　辑：赵海鹏、贺一伟
作品时长：5 分 51 秒
刊播栏目：综合频道《娄底新闻联播》
首发日期：2020 年 3 月 25 日

娄底广电

作品简介

报道围绕“疫情当前，人人都是战士”的核心，从细节入手，讲述复工复产的所见所闻，将普通人的所感、所盼、所作、所为串联起来，紧扣“走基层”的“走”和“见”，展现大地生机勃勃之美、农民辛勤劳作之美。

新媒体展示

使用手机扫描下方二维码，即可观看本条获奖作品的新媒体展示。

获奖理由

报道围绕“复工复产”的主题，讲述战疫情、保春耕、助脱贫、谋发展的生动故事，将“小人物”串联成一组具有乐观向上精神、扎根故土的新时代农民群像，突出“疫情当前，人人都是战士”的核心，传递了信心和正能量。

白衣英雄张伯礼

作品信息

作品类型：三等奖·电视新闻专题
刊播单位：天津海河传媒中心
报送单位：天津市新闻工作者协会
作　　者：集体
编　　辑：陈瑛
作品时长：3 分 56 秒
刊播栏目：《天津新闻》
首发日期：2020 年 3 月 9 日

作品简介

报道以“人民英雄”张伯礼为主角，从党员、中医等不同维度生动讲述他的一线抗疫故事；深入剖析张伯礼坚持推动中医药现代化在抗击疫情中所发挥的重要作用，生动诠释一名共产党员的初心与使命，彰显其伟大的抗疫精神。

获奖理由

该报道紧扣时代脉搏，立意鲜明、讲政治，从张伯礼抵达武汉后，就对其进行跟踪采访报道，并充分运用电视画面语言，第一时间展示其在一线抗疫背后鲜为人知的故事，视角独特，信息量大，故事结构完整，生动自然。

新媒体展示

使用手机扫描下方二维码，即可观看本条获奖作品的新媒体展示。

柳州螺蛳粉为什么这样红

作品信息

作品类型：三等奖 · 电视新闻专题
刊播单位：广西广播电视台
报送单位：广西大学新闻与传播学院
作　　者：程秋玲、方亮、刘嘉、李斌
编　　辑：马铁护、周学军、梁舒婷
作品时长：5 分 41 秒
刊播栏目：广西卫视《广西新闻》
首发日期：2020 年 12 月 24 日

作品简介

报道展示了螺蛳粉产业在一年中经历的困境、机遇、破局、逆袭，体现了地方积极贯彻中央“于危机中育先机、于变局中开新局”指示精神的突出成效，以小见大地揭示了中国经济在疫情影响下呈现出的强大韧性和蓬勃生机。

新媒体展示

使用手机扫描下方二维码，即可观看本条获奖作品的新媒体展示。

获奖理由

该报道多角度解读了柳州螺蛳粉爆红的原因，填补了受众对柳州螺蛳粉产业发展的认知空白，揭秘了这一产业快速发展的深层次原因，为各地打造特色产业提供了参考和借鉴，具有一定的现实意义和政治高度。

果果的译语世界

作品信息

作品类型：三等奖·电视新闻专题
刊播单位：苏州广播电视总台
报送单位：中国传媒大学新闻传播学部
作　　者：沈玲、张阳、陶一鹏、霍中杰
编　　辑：吴妤、孙欣、潘文龙
作品时长：27分11秒
刊播频道：文化生活频道
首发日期：2020年12月22日

作品简介

该片讲述了一个听障团队在一年时间里，面对疫情的寒冬、经营的困局和技术的难关，成功自主研发出名为“译语”的智能手语翻译软件的故事。他们身处边缘，为了目标，无声奔涌，在跌宕沉浮中努力成就各自的人生。

获奖理由

该片聚焦一个听障团队的传奇创业故事，记录表现了残疾人积极主动地认识社会、平等地参与社会竞争的过程，传达了关于生活态度与理想选择的隐喻：看清真相，继续热爱。

新媒体展示

使用手机扫描下方二维码，即可观看本条获奖作品的新媒体展示。

自贸港“云”对话

作品信息

作品类型：三等奖 · 电视新闻专题
刊播单位：海南广播电视总台
报送单位：海南省新闻工作者协会
作　　者：集体
编　　辑：集体
作品时长：4 分 10 秒
刊播栏目：《海南新闻联播》
首发日期：2020 年 4 月 10 日

作品简介

报道围绕海南自贸港建设的早期安排、早期收获，聚焦自贸港建设的热点、亮点和难点，按照“谁有疑惑谁来问，定向解读专家答”的原则，从关键词“云对话”、热点“云对话”、案例“云对话”三个角度，解读《海南自由贸易港建设总体方案》。

新媒体展示

使用手机扫描下方二维码，即可观看本条获奖作品的新媒体展示。

获奖理由

作为海南广播电视总台重点推出的大型系列报道，作品内容丰富、及时权威、形式新颖、互动性强，是解读《海南自由贸易港建设总体方案》的精品佳作，为海南自贸港政策的宣传普及提供了很好的学习范本。

金华金东：村社换届选举纪事

作品信息

作品类型：三等奖 · 电视新闻专题
刊播单位：浙江广播电视集团
报送单位：浙江省新闻工作者协会
作　　者：张楠 、陈伟英、蒋震、麻跃强、傅筱铭
编　　辑：赵林、杨海、邵一平
作品时长：5 分 33 秒
刊播栏目：《浙江新闻联播》
首发日期：2020 年 12 月 26 日

作品简介

报道围绕“换届选举”的主题，探讨“一肩挑”人选是如何选出来的、“一肩挑”如何获得老百姓的认可、“一肩挑”格局下如何约束基层权力三个问题，反映了在党的组织领导下，基层治理现代化高水平推进的过程。

获奖理由

该作品在错综复杂的情况下紧紧围绕选举的核心“一肩挑”，运用动态思维跟踪选举过程，不断调整思维程序，以故事化的叙事手法见人见事，向观众生动地展示了这件对基层党员群众来说最重要的民主政治生活大事。

新媒体展示

使用手机扫描下方二维码，即可观看本条获奖作品的新媒体展示。

一名上海支教老师的千里“音”缘

作品信息

作品类型：三等奖·电视新闻专题
刊播单位：久治县广播电视台
报送单位：青海省新闻工作者协会
作　　者：左超、任龙祥、徐剑军、仁青措
编　　辑：曹中江
作品时长：8 分 11 秒
刊播栏目：《久治新闻联播》
首发日期：2020 年 11 月 30 日

作品简介

作品采用青海、上海两地跟拍记录的手法进行创作，真实生动地展现了一名上海支教老师为促进东西部扶贫协作，及两地交流、交往所做的工作，可谓“以小见大”。

新媒体展示

使用手机扫描下方二维码，即可观看本条获奖作品的新媒体展示。

获奖理由

作品以小事件展现大时代，采编过程真实生动，多个采访点协同推进，内容真实感人，新闻价值高，影响力、传播力强，是一个真实呈现东西部两地交流、交往、交融的优秀案例。

绿染吕梁

作品信息

作品类型：三等奖 · 电视新闻专题
刊播单位：吕梁广播电视台
报送单位：山西省新闻工作者协会
作　　者：赵林旺、刘文玉、李亚飞、高龙虎、
　　　　　张贝贝、马旭峰、张园园、张琪琪
编　　辑：高龙虎、张贝贝、张琪琪
作品时长：32 分
刊播频道：吕梁新闻综合频道
首发日期：2020 年 10 月 1 日

作品简介

报道从不同侧面反映了吕梁市几十年来坚持生态造林、生态扶贫，努力改变落后面貌所发生的可喜变化，呈现了吕梁市在践行习近平总书记“绿水青山就是金山银山”理论方面所付出的努力和具体的成果。

获奖理由

《绿染吕梁》系列专题片立足于宏大的历史背景，客观记录了改革开放以来吕梁历届政府和吕梁人民投身生态建设、努力改变家乡面貌的艰苦奋斗历程，政治站位高，语言客观生动，画面清晰唯美，是一部难得的好作品。

新媒体展示

使用手机扫描下方二维码，即可观看本条获奖作品的新媒体展示。

李舸，镜头里的感动

作品信息

作品类型：三等奖·电视新闻访谈节目
刊播单位：湖北广播电视台
报送单位：中国广播电视社会组织联合会
作　　者：岑卓、吴皓、冯静、朱熠、陈娟、王欢、谢勇
编　　辑：赵立、杨杰
作品时长：50 分
刊播栏目：《大写湖北人》
首发日期：2020 年 12 月 17 日

作品简介

节目通过口述＋视频＋图片的形式，反映特殊时期特殊环境中的医患真情、人间大爱、家国情怀。李舸带领团队逆行湖北，深入“红区”奋战 66 天，用手中的镜头“照见”每一位援鄂白衣天使，为他们留下珍贵影像。

新媒体展示

使用手机扫描下方二维码，即可观看本条获奖作品的新媒体展示。

获奖理由

节目选题意义重大，主题鲜明；嘉宾选择恰当，信息权威；脉络清晰，结构完整；时度效把握得好，彰显了主流媒体的担当，向世界展现了中国精神、中国力量、中国担当。

黄金时间
——为了一江清水浩荡奔流

作品信息

作品类型：三等奖·电视新闻访谈节目
刊播单位：江苏省广播电视总台(集团)
报送单位：中国广播电视社会组织联合会
作　　者：集体
编　　辑：季建南、殷敏利、赵琳
作品时长：59分54秒
刊播栏目：《黄金时间——改革政策e解读》
首发日期：2020年11月10日

江苏省广播电视总台(集团)
JiangSu Broadcasting Corporation

作品简介

节目创新呈现方式，采用“户外＋室内＋云端”的互通联动形式，精准解读“长江大保护”政策举措，积极回应社会各界对“共抓大保护，不搞大开发”的种种关切。

获奖理由

节目站位高、权威性强，共邀请了江苏省11个厅局级单位的相关负责人参与录制，传递出最准确的政策信息，表露普通百姓最真实的心声，充分体现了江苏作为长江沿线经济发达省份，做好“长江大保护”工作的担当作为。

新媒体展示

使用手机扫描下方二维码，即可观看本条获奖作品的新媒体展示。

战疫 · 中国之治

作品信息

作品类型：三等奖 · 电视新闻访谈节目
刊播单位：湖南广播电视台
报送单位：中国广播电视社会组织联合会
作　　者：范林、曹旭芳
编　　辑：王飘岩
作品时长：29 分
刊播栏目：《新闻当事人》
首发日期：2020 年 12 月 17 日

作品简介

该节目以 2020 年下半年以来，在我国青岛、成都发生的小范围聚集性疫情为切入点，由点及面，全方位、多角度地向观众分析和阐述了 2020 年的“战疫中国模式”，深入分析了中国人民高效防疫背后的民族文化优势和政治体制优势。

新媒体展示

使用手机扫描下方二维码，即可观看本条获奖作品的新媒体展示。

获奖理由

该访谈节目深入浅出，采访对象涉及范围广，从国际组织在华领导人、国内权威政治学学者、传染病控制专家、民众等多个视角，全方位地向观众呈现中国人民上下一心、众志成城抗击疫情的可歌可泣的感人图景。

自贸港建设的基石
——制度集成创新

作品信息

作品类型：三等奖·电视新闻访谈节目
刊播单位：海南广播电视总台
报送单位：中国广播电视社会组织联合会
作　　者：李华、林颖、闵娜、王凡、李峰、胡译丹、彭璐莎
编　　辑：李慧、张嵩、孙金男
作品时长：50 分
刊播栏目：《这是自贸港》
首发日期：2020 年 11 月 1 日

作品简介

节目打破常规访谈节目模式，以演播室演说结合“1＋N”对话形式，打造“思想广场”的场域空间，展示海南目前正在做、已经落地的项目的实时情况，探寻海南自贸港未来的无限发展潜力。

获奖理由

节目通过发挥平台的号召力，以前沿性的洞察力与魄力为自贸港建言献策，从而让观众瞩目海南、走进海南、了解海南。节目探寻与展示了海南自贸港未来的无限发展潜力，彰显了海南卫视践行社会责任的担当。

新媒体展示

使用手机扫描下方二维码，即可观看本条获奖作品的新媒体展示。

众志成城　防汛救灾
——直击新安江水库泄洪首次 9 孔全开

作品信息

作品类型：三等奖・电视新闻现场直播
刊播单位：杭州市广播电视台
报送单位：中国广播电视社会组织联合会
作　　者：集体
编　　辑：郑桂岚、徐国银、余婕
作品时长：56 分
刊播栏目：杭州电视台综合频道《特殊时段》
首发日期：2020 年 7 月 8 日

作品简介

7 月 7 日，新安江水库时隔 9 年再次开闸泄洪，杭州电视台综合频道派出十多路记者，直击水库泄洪实况和下游抗洪救灾举措。本段直播为其中最为关键的一段，记录了新安江水库建库运行 61 年来首次 9 孔全开泄洪的历史时刻。

新媒体展示

使用手机扫描下方二维码，即可观看本条获奖作品的新媒体展示。

获奖理由

该场直播响应迅速，点位布置充分，出镜记者表现优秀，展示手段多元，有效信息传递及时丰富，既第一时间传递了权威声音，积极回应了市民群众的信息关切，又对应急指挥决策起到了有力的辅助作用。

2020 年 3 月 30 日《青海新闻联播》

作品信息

作品类型:三等奖·电视新闻节目编排
刊播单位:青海广播电视台
报送单位:中国广播电视社会组织联合会
作　　者:冷程 、单祥蓉 、陈新云
编　　辑:戴建勋
作品时长:22 分
刊播频道:青海卫视
首发日期:2020 年 3 月 30 日

青海廣播電視臺
QingHai Radio and Televison Station

作品简介

本期节目对各类动、静态消息进行了合理编排,有层次、有节奏,及时报道了大事要事的最新进展,并与头条主题新闻形成呼应,在增加节目信息量、增强服务性的同时,也让这期节目更加生动鲜活。

获奖理由

作为一档联播新闻节目,这期节目内容来源广泛,除了青海广播电视台自采的新闻外,还有大量与市州台站、县级融媒体中心合作完成的报道,以及从“报、台、网、端、微”等媒体获取的信息。

新媒体展示

使用手机扫描下方二维码,即可观看本条获奖作品的新媒体展示。

扶贫日历
——常坪村 2020 驻村蹲点报告

作品信息

作品类型：三等奖 · 网络新闻专题
刊播单位：大众网
报送单位：国家互联网信息办公室网络传播局
作　　者：郑义风、田连锋、姜洋、樊思思、陈洋洋、解强民、刘琛
编　　辑：李昌兴、徐鑫、杨凯
刊播平台：大众网 · 海报新闻
首发日期：2020 年 12 月 25 日

作品简介

2020 年 1 月，大众网 · 海报新闻记者来到山东省临沂市蒙阴县旧寨乡常坪村，在这个曾经的省定扶贫工作重点村蹲点采访，全程记录第一书记扎根基层，助力脱贫攻坚的故事，零距离感受村民脱贫摘帽后的生活变化。

新媒体展示

使用手机扫描下方二维码，即可观看本条获奖作品的新媒体展示。

获奖理由

该专题用丰富的内容、独特的形式，以小见大地讲述了山东乃至中国的脱贫故事，赢得了广大网友、一线基层干部群众、受益村民和媒体同行们的普遍认可和肯定。该专题影响力、传播力强，可谓全国脱贫攻坚主题报道的一个经典案例。

不朽的赞歌

——纪念中国人民志愿军抗美援朝出国作战 70 周年

作品信息

作品类型：三等奖 · 网络新闻专题
刊播单位：中国搜索
报送单位：国家互联网信息办公室网络传播局
作　　者：曹智、李俊、牛纪伟、徐扬、史先振、赵嘉麟
编　　辑：集体
刊播平台：中国搜索
首发日期：2020 年 10 月 20 日

作品简介

该专题涵盖文字、图片、视频和海报等形式，是为纪念中国人民志愿军抗美援朝出国作战 70 周年，弘扬抗美援朝伟大精神，引导人民铭记历史、珍爱和平而特别策划的融媒体专题。

获奖理由

数十位耄耋之年的志愿军战士化身“歌唱者”“讲述者”“朗读者”，用坚定的声音致敬抗美援朝伟大精神。该专题使用全新的视听呈现方式，引发网民共情、共鸣、共振，是纪念抗美援朝出国作战 70 周年报道中最动人的网络作品之一。

新媒体展示

使用手机扫描下方二维码，即可观看本条获奖作品的新媒体展示。

出山记

作品信息

作品类型：三等奖 · 网络新闻专题
刊播单位：当代先锋网
报送单位：国家互联网信息办公室网络传播局
作　　者：田旻佳、成桂红、马国雄、卢达极、周梓颜、杨鸿新
编　　辑：王璐瑶、蒋明馏
刊播平台：当代先锋网
首发日期：2020 年 12 月 1 日

当代先锋网
—ddcpc.cn—
贵州日报报刊社官方新闻网站

作品简介

当代先锋网 2020 年以“出山记”为概念，用 SSR 游戏卡形式制作包装，呈现图文、视频、新媒体创意等内容，突出展现了世人眼中“三不沿”的贵州在“十三五”期间如何走出去，最终成为内陆地区对外开放新高地的历程。

新媒体展示

使用手机扫描下方二维码，即可观看本条获奖作品的新媒体展示。

获奖理由

该专题以 8 张卡牌为载体，让年轻网友更容易接受。作品特色鲜明、角度新颖、表达生动，既彰显了主流媒体的社会责任感，又展现了主流媒体的“另一幅面孔”，其新颖的方式得到了网友们的一致好评。

2021，要“拼”出什么样的世界

作品信息

作品类型：三等奖·页(界)面设计
刊播单位：国际在线
报送单位：国家互联网信息办公室网络传播局
作　　者：集体
编　　辑：范琪妍
刊播平台：国际在线手机站
首发日期：2020 年 12 月 31 日

作品简介

该作品系国际在线网站 2020 年年终策划报道产品，在产品设计方面，将图文、动漫、音乐进行有机结合，在页面中设置了触发互动的效果，最后可以生成分享海报，让页面设计更好地服务于主题展示。

获奖理由

该作品运用拼图的形式，让网友能够在趣味性的操作中完成对新闻内容的阅览，交互性强。页面设计很好地服务于主题表达，传播效果好。作品利用移动互联网场景下的传播特点，直接传达传播意图，互动体验较好。

新媒体展示

使用手机扫描下方二维码，即可观看本条获奖作品的新媒体展示。

重走成渝古驿道 感受双城新变化

作品信息

作品类型：三等奖·页（界）面设计
刊播单位：重庆日报网
报送单位：国家互联网信息办公室网络传播局
作　　者：姜春勇、谭真、李振兵、李欣蓓
编　　辑：夏琳、何庆渝
刊播平台：重庆日报网
首发日期：2020 年 8 月 7 日

重庆日报网 Online
www.cqrb.cn

作品简介

2020 年中央提出推动成渝地区双城经济圈建设的重大战略部署，该产品围绕这一重大主题，以成渝古驿道丰富的人文资源为基础，采用图文、视频、互动答题等形式，展示了成渝地区交往千年的历史和当今的发展变化。

新媒体展示

使用手机扫描下方二维码，即可观看本条获奖作品的新媒体展示。

获奖理由

该网络页面设计一是充分融合多种网络技术手段，将多种融媒体技术手段有机结合起来，有很强的感染力和观赏性；二是将视频素材与丰富的史料相结合，有历史厚重感；三是突出互动性，强化与网友的互动，增强了传播效果。

泪目！86 岁志愿军老战士含泪向四位老首长敬礼

作品信息

作品类型：三等奖·短视频现场新闻
刊播单位：人民政协报
报送单位：中华全国新闻工作者协会新媒体专业委员会
作　　者：集体
编　　辑：周佳佳、魏芯蕊
作品时长：2 分 53 秒
刊播平台：人民政协报微信公众号
首发日期：2020 年 10 月 30 日

人民政协报

作品简介

在志愿军老战士参观中国国家军事博物馆“铭记伟大胜利·捍卫和平正义——纪念中国人民志愿军抗美援朝出国作战 70 周年主题展览”过程中，《人民政协报》融媒体报道团队捕捉到泪目、敬礼等生动的现场画面，让很多在场参观人员感动落泪。

获奖理由

作品根据主人公的亲身经历，讲述抗美援朝出国作战的故事，真实、生动、感人。作品选题精巧、视角独到，志愿军老战士的真情流露也使作品显得有骨、有血、有肉。作品现场感强，有一定的冲击力。

新媒体展示

使用手机扫描下方二维码，即可观看本条获奖作品的新媒体展示。

抗洪 vlog｜记者坐拖拉机赶往安徽庐江圩堤抢险现场：数千人会战守堤坝！

作品信息

作品类型：三等奖 · 短视频现场新闻
刊播单位：工人日报社
报送单位：中华全国新闻工作者协会新媒体专业委员会
作　　者：集体
编　　辑：王金海、肖婕妤、赵琛
作品时长：2 分 27 秒
刊播平台：工人日报客户端
首发日期：2020 年 7 月 22 日

作品简介

2020 年入汛以来，南方地区发生多轮强降雨。7 月 22 日，在得知安徽省庐江县石大圩白石天河连河段堤防发生塌陷后，前方记者临时调整了报道计划，奔赴庐江县。在行进过程中，记者用镜头记录下了现场画面。

新媒体展示

使用手机扫描下方二维码，即可观看本条获奖作品的新媒体展示。

获奖理由

该作品聚焦“安徽庐江圩堤抢险”的主题，以 vlog 的形式，通过记者现场目击的多个抗洪场景，串联起新闻事实和新闻背后的故事。作品始终将镜头对准新闻现场的情、景、人，时效性强，内容层次丰富，极具现场感。

“活过来了！”19天，456个小时，我们终于救活了他

作品信息

作品类型：三等奖 · 短视频现场新闻
刊播单位：长江日报社
报送单位：中华全国新闻工作者协会新媒体专业委员会
作　　者：王恺凝
编　　辑：刘林德、秦杰
作品时长：1分25秒
刊播平台：长江日报微信公众号
首发日期：2020年2月29日

作品简介

经报社编委会同意，记者穿上防护服，进入ICU，克服不适，全程跟拍4小时，在离现场最近的地方，独家披露了主治医生撤除ECMO后，看到患者睁开双眼，情不自禁大喊三声“活过来了”的感人场景。

获奖理由

记者在重症监护室现场，记录下撤除ECMO前医生的叮嘱、撤机成功后医生情不自禁的三声“活过来了”等情节，整个过程既紧张揪心，又透露着温暖温情，增强了人们战胜恐惧、科学抗疫的信心。

新媒体展示

使用手机扫描下方二维码，即可观看本条获奖作品的新媒体展示。

请记住这里，王家坝！

作品信息

作品类型：三等奖 · 短视频现场新闻
刊播单位：人民网
报送单位：中华全国新闻工作者协会新媒体专业委员会
作　　者：张俊、王晓飞、李阔
编　　辑：王捷、霍雨佳
作品时长：1 分 33 秒
刊播平台：人民网法人微博
首发日期：2020 年 7 月 22 日

作品简介

受汛情影响，7 月 20 日上午，“千里淮河第一闸”——安徽省阜南县王家坝闸开闸泄洪。7 月 21 日，人民网记者乘坐冲锋舟，前往几个被洪水围困的庄台探访，并使用无人机，记录“洪魔”之下的蒙洼蓄洪区的情况。

新媒体展示

使用手机扫描下方二维码，即可观看本条获奖作品的新媒体展示。

获奖理由

作品记录了王家坝闸开闸放水 24 小时之后蒙洼蓄洪区群众的真实状况。记者第一时间乘坐冲锋舟深入蒙洼蓄洪区，探访多个庄台，并及时将庄台的情况传播出去。视频中的画面具有视觉冲击力。

记者直击黄河岸边凌晨抓捕盗猎者 护鸟志愿者足迹遍布长垣等地

作品信息

作品类型:三等奖·短视频现场新闻
刊播单位:大河网
报送单位:中华全国新闻工作者协会新媒体专业委员会
作　　者:王曦辉、陶玉德、贺志泉
编　　辑:郭俊华、魏蔚
作品时长:1分2秒
刊播平台:大河网
首发日期:2020年11月10日

作品简介

2020年11月6日深夜,记者跟随长垣护鸟志愿者到黄河滩区巡视。凌晨1时许,山东东明境内滩区突现盗猎分子,志愿者迅速行动,将盗猎分子抓获,并移交当地派出所。记者用视频记录了这一突发行动。

获奖理由

视频以纪实的方式突出了抓捕现场的紧张气氛,传递了黄河流域生态保护和高质量发展所取得的成效。视频现场感强,以小角度展现了大主题。视频发布后在全网取得了较好的传播效果。

新媒体展示

使用手机扫描下方二维码,即可观看本条获奖作品的新媒体展示。

黄河十二时辰

作品信息

作品类型：三等奖·短视频专题报道
刊播单位：群众新闻
报送单位：重庆大学新闻学院
作　　者：沙莎、刘强、韩博磊、文超、张亮亮、陈飞波
编　　辑：王熙
作品时长：5分43秒
刊播平台：群众新闻客户端
首发日期：2020年9月17日

作品简介

采访团兵分四路，耗时一个月，走遍黄河流域九省，共拍摄150多个小时的素材。新媒体编辑对大量的视频素材进行细致筛选，以十二时辰的构思，巧妙串联起黄河流经各地不同的风土人情和自然风貌。

新媒体展示

使用手机扫描下方二维码，即可观看本条获奖作品的新媒体展示。

获奖理由

作品策划站位高，用高质量、新形态的呈现方式，展示了黄河流域九省保护生态环境、保障黄河长治久安、推进水资源节约集约利用、推动黄河流域高质量发展，以及保护、传承、弘扬黄河文化等各方面内容。

同 心
——与来自香港的他们谈谈心

作品信息

作品类型：三等奖·短视频专题报道
刊播单位：光明日报社
报送单位：中华全国新闻工作者协会新媒体专业委员会
作　　者：王子墨、姜奕名、王远方、刘宇航
编　　辑：集体
刊播平台：光明日报微信公众号
首发日期：2020 年 12 月 30 日

作品简介

作品立足于《光明日报》的思想文化特色，采访了常年来往内地和香港的老中青三代香港知识分子。他们从各自的角度，讲述自己在内地获得的发展机遇、两地的同胞情谊，以及在中央帮助香港抗击疫情时所感受到的温暖。

获奖理由

该短视频在光明日报微信公众号的阅读量突破 10 万，在微博、客户端、B 站等平台的阅读量突破 100 万，同时还制作了中英双语字幕，推出多种形态的精简剪辑版，在海外社交媒体账号广泛推广，累计播放量和转发量超过 1300 万。

新媒体展示

使用手机扫描下方二维码，即可观看本条获奖作品的新媒体展示。

武汉记“疫”

作品信息

作品类型：三等奖 · 短视频专题报道
刊播单位：智慧尤溪客户端
报送单位：中华全国新闻工作者协会新媒体专业委员会
作　　者：林婧、陈增伟、池毓腾、范晔、肖丽娜、吴海燕、王海清
编　　辑：黄苒苒、林敏、林红
刊播平台：智慧尤溪客户端
首发日期：2020 年 3 月 12 日

作品简介

该作品用朴实的语言、真实的记录、创新的形式，讲述了支援武汉的医疗队伍中的一员——程贤芳的战“疫”经历，传递了“疫情终将被战胜”的信心和决心。

新媒体展示

使用手机扫描下方二维码，即可观看本条获奖作品的新媒体展示。

获奖理由

作品以第一人称自述的方式再现了疫情期间福建援鄂女护士在武汉金银潭医院重症监护室的经历。报道没有拔高没有渲染，真实动人、简洁流畅。

韩寒井柏然都为她加油！一个武汉90后女孩的“方舱日记”

作品信息

作品类型：三等奖·短视频专题报道
刊播单位：经济日报社
报送单位：中华全国新闻工作者协会新媒体专业委员会
作　　者：李红光、覃皓珺
编　　辑：王玥、杜秀萍
刊播平台：经济日报微信公众号
首发日期：2020年2月19日

作品简介

作品以疫情中一个普通女孩的视角，呈现千千万万的平凡人，以不凡之举抗击疫情的恢宏画卷，展现了普通人身处逆境时，不言放弃、努力坚强的模样，展现了医护、病友、网友等普通人在疫情中最真实感人的一面。

获奖理由

作品以一个普通女孩的视角，展现了普通人战“疫”过程中的勇敢坚毅和真情实感，引发社会广泛反响。作品在画面和文字方面，情感饱满却不刻意煽情，视角深入，细节丰富，兼顾新闻的现场感与时代的共鸣、人性的温度。

新媒体展示

使用手机扫描下方二维码，即可观看本条获奖作品的新媒体展示。

一个人的生产线

作品信息

作品类型：三等奖 · 短视频专题报道
刊播单位：看苏州 App
报送单位：苏州市广播电视总台
作　　者：吕劲波、杨勇、骆晨、严志平、左政
编　　辑：沈玲、吴好
刊播平台：看苏州 App
首发日期：2020 年 2 月 12 日

作品简介

作品讲述的是苏州市相城区一家精密机械公司负责人袁传伟，2020 年 1 月 26 日（大年初二）接到消毒器生产任务的订单，产品要紧急发往湖北战“疫”一线的故事。

新媒体展示

使用手机扫描下方二维码，即可观看本条获奖作品的新媒体展示。

获奖理由

作品抓住大事件中的小人物，以“真”为基调，从“细”处切入，以小见大，定格众多“战”疫故事中一个有担当、有韧劲的个体微观缩影，生动讲述了全国人民共克时艰的中国故事，起到了凝心聚力、为国存史的传播效果。

夜宿农家话脱贫

作品信息

作品类型：三等奖·短视频专题报道
刊播单位：湖北日报客户端
报送单位：中国人民大学新闻学院
作　　者：陈会君、张竞恒、周浩锋、陈少哲、黄洁如、王楚、刘畅
编　　辑：集体
刊播平台：湖北日报客户端
首发日期：2020 年 8 月 26 日

作品简介

《湖北日报》记者走进农家，吃农家饭、住农家屋、算农家账，记录脱贫攻坚给农村生活带来的变化。记者一边采写纸媒报道，一边拍摄视频，推出系列全媒体报道《夜宿农家话脱贫》。

获奖理由

这是一组践行“四力”的融合传播作品，纸媒记者一手拿笔写报道，一边拍摄视频、担任配音，是融合传播的有益探索。

新媒体展示

使用手机扫描下方二维码，即可观看本条获奖作品的新媒体展示。

雄安·塔吊下的日与夜

作品信息

作品类型：三等奖·短视频专题报道
刊播单位：长城24小时客户端
报送单位：中华全国新闻工作者协会新媒体专业委员会
作　　者：曹朝阳、张梦琳、李全、刘志成
编　　辑：张国锋、周杨
刊播平台：长城24小时客户端
首发日期：2020年12月26日

作品简介

这部作品从小切口、小人物、小故事入手，从成千上万名雄安建设者中选取了女塔吊司机等有代表性的普通人，跟踪记录雄安建设"追梦人"的日常工作生活情况，从一个生动的视角描绘雄安建设的壮美画卷。

新媒体展示

使用手机扫描下方二维码，即可观看本条获奖作品的新媒体展示。

获奖理由

作品聚焦塔吊林立、热火朝天，已经进入大规模开发建设阶段的雄安新区，将普通女塔吊司机忘我的工作精神、一丝不苟的工作态度巧妙融入雄安新区的日常建设中，展现雄安的壮美画卷。

共同战“疫”

作品信息

作品类型：三等奖·移动直播
刊播单位：“@中国之声”新浪微博账号
报送单位：中华全国新闻工作者协会新媒体专业委员会
作　　者：集体
编　　辑：集体
刊播平台：“@中国之声”新浪微博账号
首发日期：2020年1月27日

作品简介

《共同战“疫”》作为全网时长最长、角度最多、关注度最高的抗疫融媒体大直播，全面直击疫情防控一线进展，成为打赢疫情防控的人民战争、总体战、阻击战的特殊而重要的力量。

获奖理由

作品紧盯核心新闻资源，做好权威发布；连线新闻现场，直击防疫最前线；创新推出慢直播，全方位呈现防控进展；连线大使、驻外记者及海外留学生，着眼全球抗疫，体现外交为民的理念。

新媒体展示

使用手机扫描下方二维码，即可观看本条获奖作品的新媒体展示。

“挖”土豆

作品信息

作品类型：三等奖 · 创意互动
刊播单位：宁夏日报客户端
报送单位：中华全国新闻工作者协会新媒体专业委员会
作　　者：周庆华、杨学农、张蕾、许辉、何富成、姜盼、王玉平、马越
编　　辑：杨学农、瞿学江、邱青春
刊播平台：宁夏日报客户端
首发日期：2020 年 12 月 31 日

作品简介

作品通过小切口反映大主题，综合运用手绘、音频、视频、H5 交互等方式，从生命、希望、产业、前景、精神意义五个维度，用五张长卷将西海固人的土豆故事娓娓道来。

新媒体展示

使用手机扫描下方二维码，即可观看本条获奖作品的新媒体展示。

获奖理由

金灿灿的土豆温暖着千千万万西海固人的心田。《“挖”土豆》在宁夏日报客户端首发后，被多家中央和省级媒体的网络媒体转载，深深触动了广大网民尤其是西海固人内心深处的情感、乡愁，他们纷纷转发刷屏。

全球十地跨年直播

作品信息

作品类型：三等奖·创意互动
刊播单位：中国日报客户端
报送单位：中华全国新闻工作者协会新媒体专业委员会
作　　者：集体
编　　辑：韩蕾、张春燕、吴艳鹏
刊播平台：中国日报客户端
首发日期：2020 年 12 月 31 日

作品简介

《全球十地跨年直播》是中国日报社精心策划，以对外介绍中国抗疫经验和广泛提振信心为主题，海内外全媒体联动，在 12 月 31 日发起的大型直播互动节目。

获奖理由

中国日报社作为传统媒体，勇于开拓融合传播领域，不怕困难，不惜投入，充分调动全单位全媒体资源，在全媒体一体化策划、立体传播、深度互动上进行了一次成功的探索，取得了良好的传播效果。

新媒体展示

使用手机扫描下方二维码，即可观看本条获奖作品的新媒体展示。

2020 脱贫攻坚
——阿中邀你助力奔小康

作品信息

作品类型：三等奖·创意互动
刊播单位：BTV 新闻微信公众号
报送单位：广西大学新闻与传播学院
作　　者：田刚、孙迪雅、吴文娟、陈博、霍天舸
编　　辑：张庆、李大功
刊播平台：BTV 新闻微信公众号
首发日期：2020 年 5 月 22 日

BRTV 新闻

作品简介

《2020 脱贫攻坚——阿中邀你助力奔小康》是一款人格化、趣味性、交互性三方面突出的 H5 融媒体产品，体现了全息展现、交互触达的特点，更符合互联网用户的接收习惯。

新媒体展示

使用手机扫描下方二维码，即可观看本条获奖作品的新媒体展示。

获奖理由

该产品跳出了同类型题材偏于单一展示的窠臼，从互联网流行的人格设定出发，将扶贫攻坚群体具象化为原创卡通人物“阿中”，在互动游戏里呈现精准扶贫的生动故事。

同　舟

作品信息

作品类型：三等奖·创意互动
刊播单位：大众日报客户端
报送单位：中华全国新闻工作者协会新媒体专业委员会
作　　者：曲涛、傅群堂、朱頔
编　　辑：集体
刊播平台：大众日报客户端
首发日期：2020年11月23日

作品简介

作品以“拥军船”上发生的感人事迹为主轴主线，借助手绘、音视频、VR、特效等融媒手法，还原场景，全景展示了“拥军船”风雨无阻，跨越60年的不平凡航程，谱写了一曲“民拥军、军爱民”的时代赞歌。

获奖理由

作品综合运用手绘、H5、VR、视频、音频、弹幕等多种新媒体表达方式，生动再现了“拥军船”60年来的不平凡航程，用融媒方式奏响了“民拥军、军爱民”的时代新曲，受到用户好评。

新媒体展示

使用手机扫描下方二维码，即可观看本条获奖作品的新媒体展示。

来了！中国首部卫星新闻纪录片

作品信息

作品类型：三等奖·融合创新
刊播单位：新华社客户端
报送单位：中华全国新闻工作者协会新媒体专业委员会
作　　者：集体
编　　辑：集体
刊播平台：新华社客户端
首发日期：2020年12月29日

作品简介

新华社聚焦决战决胜脱贫攻坚主题，创新运用空天科技手段，精心策划推出系列融媒体产品。该产品运用电影交响乐、可视化数据等多种手段，生动讲述了“三区三州”脱贫攻坚的山河巨变与动人故事。

新媒体展示

使用手机扫描下方二维码，即可观看本条获奖作品的新媒体展示。

获奖理由

该产品声画结合，让观众在直观感受和震撼体验中感悟创造人类减贫史上中国奇迹背后的思想逻辑。作为中国首部卫星新闻纪录片，该产品全网传播量破10亿次，实现了破圈传播。

千里挺进大别山
——山东湖北携手战“疫”故事

作品信息

作品类型：三等奖 · 融合创新
刊播单位：海报新闻客户端
报送单位：中华全国新闻工作者协会新媒体专业委员会
作　　者：田连锋、樊思思、张稳、董昊骞、王磊、吴健
编　　辑：马凤学、杨凯、蔡天
刊播平台：海报新闻客户端
首发日期：2020 年 4 月 22 日

作品简介

作品结合“战”疫历程和记者在一线采访的新闻故事，精心选取了见面即分别、生死时速、没钱可以出力、直面生死、春回大别山等 15 个令人印象深刻的瞬间，将一个个感人的“战”疫故事娓娓道来。

获奖理由

作品无论在融合内容还是融合音视频方面都颇具匠心，逻辑清晰，层次分明，界面设计友好，导读功能便捷，带给读者的阅读体验感甚好。

新媒体展示

使用手机扫描下方二维码，即可观看本条获奖作品的新媒体展示。

大山深处的浙江人

作品信息

作品类型：三等奖·融合创新
刊播单位：中国蓝新闻客户端
报送单位：中华全国新闻工作者协会新媒体专业委员会
作　　者：集体
编　　辑：集体
刊播平台：中国蓝新闻客户端
首发日期：2020 年 7 月 11 日

作品简介

浙江广电集团紧紧围绕“决胜全面小康、决战脱贫攻坚”的时代主题，策划推出大型融媒体新闻作品《大山深处的浙江人》，让广大受众充分感受到扶贫路上浙江人的情怀和作为，真切体会到当地百姓对浙江人的真挚情感。

新媒体展示

使用手机扫描下方二维码，即可观看本条获奖作品的新媒体展示。

获奖理由

该融媒系列作品聚焦扎根奋战在脱贫攻坚第一线的浙江人，以“大山”为寻访主线和报道载体，采取寻访、蹲点跟拍的方式精准抓取，细节生动。作品通过多屏聚力，较好地发挥了融合报道的传播优势。

革命诗词书写地，军队扶贫谱新篇

作品信息

作品类型：三等奖·融合创新
刊播单位：解放军报客户端
报送单位：中华全国新闻工作者协会新媒体专业委员会
作　　者：李景璇、戴斌、孙浩、尚超、伍行健、李庆桐
编　　辑：于雅倩、刘秋丽
刊播平台：解放军报客户端
首发日期：2020 年 9 月 28 日

作品简介

为充分展现军队精准扶贫成果，解放军报新闻传播中心网络部的融媒体团队深入走访遵义市周边数个脱贫摘帽村落，通过航拍、VR 等新技术，以遵义会议会址等战斗遗址为引，充分展现了贫困村的旧貌新颜，以及军队帮扶所产生的实际成效。

获奖理由

作品主题鲜明突出，融合产品形式多样并相辅相成，突破了传统单一形式报道的局限，将多种新媒体表现形式进行融合统一，为推动数字智媒融合发展起到了积极的示范作用。

新媒体展示

使用手机扫描下方二维码，即可观看本条获奖作品的新媒体展示。

从这面湖奔向那片海

作品信息

作品类型：三等奖·融合创新
刊播单位：无锡观察客户端
报送单位：中华全国新闻工作者协会新媒体专业委员会
作　　者：张军、马正红、王粤海、史春杨、张小杰、王晶、桑佳欣
编　　辑：黄人杰
刊播平台：无锡观察客户端
首发日期：2020 年 12 月 30 日

作品简介

无锡日报报业集团借用大禹治水时用来测量江海水深度的“定海神铁”喻指三代载人潜水器，创作出融合创新 H5 作品《从这面湖奔向那片海》。该作品讴歌了当代科技工作者继承先贤之遗志，勇于探索、不畏艰险的可贵精神。

新媒体展示

使用手机扫描下方二维码，即可观看本条获奖作品的新媒体展示。

获奖理由

该作品用神话传说开场，凭借扎实缜密的采访内容、丰富新颖的视觉创意设计、融合多元的媒体元素、创新的用户体验、通俗易懂的科普讲述，将科学话题讲得饶有趣味，让广大受众获得了一次全新的体验。

浦东的故事·他们的故事

作品信息

作品类型：三等奖·融合创新
刊播单位：上观新闻客户端
报送单位：中华全国新闻工作者协会新媒体专业委员会
作　　者：章迪思、王志彦、杜晨薇、黄海昕、叶田媛、王美杰、张龑飞、沈阳
编　　辑：徐蓓蓓、张陌
刊播平台：上观新闻客户端
首发日期：2020 年 11 月 12 日

作品简介

《浦东的故事·他们的故事》是庆祝浦东开发开放 30 周年的大型融媒体作品，内容上突破了惯常的重大工程、先进人物的报道套路，将目光投向历史和个人，从浦东的 500 年人文历史中挖掘 5 个人物故事，寻找他们与当下浦东精神的共通之处。

获奖理由

该作品根据内容和主题的特点，综合运用图文、视频、数据图表、动画、三维建模等表达手段，大大提升了报道的立体纵深感和丰富性，增强了读者的参与感。

新媒体展示

使用手机扫描下方二维码，即可观看本条获奖作品的新媒体展示。

互喊加油，四大“天团”会师武汉！网友：王炸来了，中国必胜！

作品信息

作品类型：三等奖 · 融合创新
刊播单位：中国青年报微信公众号
报送单位：中华全国新闻工作者协会新媒体专业委员会
作　　者：张力友、孙丹丹、赵明、刘昶荣
编　　辑：李丽
刊播平台：中国青年报微信公众号
首发日期：2020 年 2 月 8 日

中国青年报

作品简介

该作品以中国顶尖医疗团队在武汉机场相互问候的现场视频为切入点，深入挖掘了“北协和、南湘雅、东齐鲁、西华西”的专业性、权威性资料，以小见大，报道了 16 省份医疗队驰援湖北的事迹，展现了众志成城的战“疫”精神。

新媒体展示

使用手机扫描下方二维码，即可观看本条获奖作品的新媒体展示。

获奖理由

该作品中既有深度文字、感人图片，又有现场感极强的短视频，从一个侧面展现了中国人民“一方有难、八方支援”“团结一致、众志成城”的战“疫”精神，引发受众强烈的情感共鸣，更增强了全国人民战胜疫情的信心。

磐小药西游记

作品信息

作品类型：三等奖·融合创新
刊播单位：金华新闻客户端
报送单位：浙江大学传媒与国际文化学院
作　　者：卢发扬、吴俊斐、郭亚梅、胡政国、陈业、傅豪
编　　辑：金大军、潘慧
刊播平台：金华新闻客户端
首发日期：2020年11月12日

作品简介

该作品以中药材为切入点，把脱贫攻坚比喻为根治顽疾，真实立体地报道了全党全国各族人民在决战决胜脱贫攻坚大背景下“东西部协作、先富帮后富”的生动场景和创新实践，展现了良好的精神风貌，讲述了鲜活感人的脱贫故事。

获奖理由

该作品主题鲜明、构思巧妙、以小见大、视角新颖。作品拉近了结对帮扶两地干部群众的距离，扩大了影响力，帮助工作顺利开展。作为一家基层党媒，创作出这样能引发情感共鸣、充满温情的融媒体作品，具有典型的样本意义。

新媒体展示

使用手机扫描下方二维码，即可观看本条获奖作品的新媒体展示。

The Lockdown: One Month in Wuhan (武汉战疫纪)

作品信息

作品类型：三等奖 · 国际传播
刊播单位：中国国际电视台
报送单位：中国传媒大学新闻传播学部
作　　者：王跃华、沈小蒙、徐兆群、葛云飞、徐新晨、梁启鹏、訾迪
编　　辑：沈小蒙、葛云飞
作品时长：33 分 9 秒
刊播栏目：CGTN 英语新闻频道《今日世界》
首发日期：2020 年 2 月 28 日

作品简介

本片不仅是第一部全景式展现武汉抗疫历程的纪录片，而且是首部向世界展现中国抗疫措施和过程的英文纪录片。本片以"逆境中孕育着希望"为主题，跨越意识形态鸿沟，为疫情下的上千万国际受众提供了精神动力。

新媒体展示

使用手机扫描下方二维码，即可观看本条获奖作品的新媒体展示。

获奖理由

该片及时反击谣言、正本清源，通过客观平衡的主题设置与讲述、内外聚焦结合的视角、影像风格的创新使用，以及国际化的叙事语言，打造了一部优质的国际传播作品，让世界看到中国抗疫的真实情况，将国际传播落到了实处。

美国"反华阴谋论"的炮制套路

作品信息

作品类型：三等奖·国际传播
刊播单位：环球时报社
报送单位：人民日报社
作　　者：范凌志、刘欣
编　　辑：张倍鑫
作品字数：4107 字
首发日期：2020 年 4 月 27 日

作品简介

新冠肺炎疫情席卷全球后，表现优异的中国遭遇一些西方媒体和政客的抹黑、攻击。《环球时报》记者专访"灰色地带"网站创建者麦克斯·布鲁门塔尔，揭露西方媒体抹黑套路。

获奖理由

该文充分体现出《环球时报》采编队伍的新闻敏感性，揭露了美国政府部门、政客、媒体如何移花接木、相互配合，编造针对中国的阴谋论，同时讲述了在西方新闻自由、媒体独立的假象中，讲真话的独立媒体如"灰色地带"的遭遇。

新媒体展示

使用手机扫描下方二维码，即可观看本条获奖作品的新媒体展示。

台湾民进党当局炮制“国际防疫缺口”背后的企图

作品信息

作品类型：三等奖 · 国际传播
刊播单位：FM90.1 台北健康广播电台、FM97.1 台南知音电台、FM92.9 台中城市广播、FM89.3 大苗栗广播股份有限公司（福州广播电视台采制）
报送单位：福建省新闻工作者协会
作　　者：郑继业、张剑、吴冬梅、江亮
编　　辑：陈航、陈其真
作品时长：9 分 31 秒
刊播栏目：台湾城市广播网《今日福州》、福州广播电视台左海之声《今日福州》、美国 ICN 纽约侨声广播电台《左海乡音》
首发日期：2020 年 2 月 9 日

作品简介

该作品是充分运用广播新闻评论手法、彰显广播媒体特色的对台评论精品。作品讲事实、摆道理，点明台湾民进党当局炮制“国际防疫缺口”背后的企图就是“以疫谋独”。作品发挥了广播评论特色，深刻揭示了主题。

新媒体展示

使用手机扫描下方二维码，即可观看本条获奖作品的新媒体展示。

获奖理由

作品紧扣热点、策划缜密、观点明确、主题鲜明、论证充分、有理有据，且客观理性、脉络清晰，将事实层层递进地向海内外听众说清、说明、说透。作品具有较强的思辨性、感召力和说服力，是一篇广播评论精品。

Tales of Cities
（中国“城·事”）

作品信息

作品类型：三等奖·国际传播
刊播单位：人民网
报送单位：国家互联网信息办公室网络传播局
作　　者：集体
编　　辑：集体
发布平台：人民网
首发日期：2020年7月27日

作品简介

为助力中国城市在新媒体时代清晰建构国际形象，人民网策划推出人文影像短视频专题“Tales of Cities”（中国“城·事”），致力于打造“海外受众能看懂、喜欢看”的融媒体作品，讲述城市人文故事，呈现城市的独特气质和魅力。

获奖理由

该专题节目让外籍主播走进中国城市，实地探访体验，出镜讲述感受，以符合外国受众接受习惯的表达方式，激发外国受众的兴趣和共鸣，生动展现中国城市特别是中小城市的富足与美好，向世界推广中国城市，让世界更加了解中国。

新媒体展示

使用手机扫描下方二维码，即可观看本条获奖作品的新媒体展示。

Bw. Guterres aitaka jumuiya ya kimataifa kuimarisha ushirikiano na kuisaidia China kupambana na virusi vya korona
（联合国秘书长呼吁国际社会加强合作，杜绝歧视，助力中国战胜疫情）

作品信息

作品类型：三等奖 · 国际传播
刊播单位：中央广播电视总台（国广）
报送单位：中央广播电视总台
作　　者：彭睿、Ronald Mutie、李宏、夏文娴
编　　辑：李宏、夏文娴
作品时长：1 分 33 秒
刊播频道：内罗华 FM91.9、蒙巴萨 FM103.9、桑给巴尔 FM99.7、坎帕拉 FM107.1、金贾 FM107.3
首发日期：2020 年 2 月 9 日

中央广播电视总台
CHINA MEDIA GROUP

作品简介

在第 33 届非盟首脑会议新闻发布会上，记者就新冠肺炎疫情向联合国秘书长古特雷斯提问，得到了他对中国抗疫工作的支持与声援。随后，该报道在中央广播电视总台斯瓦西里语脸书专页、官方网站、对非调频中播出。

新媒体展示

使用手机扫描下方二维码，即可观看本条获奖作品的新媒体展示。

获奖理由

该作品第一时间向海外受众展现了中国为抗击新冠肺炎疫情付出的巨大努力和取得的显著成效，通过问题设置，引导受访对象为中国抗疫工作发声，为中国的抗疫斗争争取了更多国际声援，意义及影响深远。

本草的呼唤

作品信息

作品类型：三等奖 · 国际传播
刊播单位：安徽广播电视台
报送单位：安徽省新闻工作者协会
作　　者：潘奥、李孟君、蒋自斌、周吉
编　　辑：周原、姜敏
作品时长：29 分 40 秒
刊播栏目：国际频道《感知安徽》
首发日期：2020 年 6 月 24 日

作品简介

该作品观照 2020 年疫情发展趋势，充分运用中国视角、国际表达的理念，采用纪实的手法，真实客观地记录了中医药在中国抗击新冠肺炎疫情中的应用的故事，以及本草与人相生相伴的故事。

获奖理由

中医药参与抗疫是中国方案的生动实践，该作品围绕该主题采访了国家级抗疫专家巡视组成员，重点介绍了中药在抗疫中的应用以及中药材在乡村振兴中的广泛应用和积极的贡献。作品有高度、有温度、有深度、有广度。

新媒体展示

使用手机扫描下方二维码，即可观看本条获奖作品的新媒体展示。

US Administration's Smash and Grab of TikTok Will Not Be Taken Lying Down (美国政府必会为围猎 TikTok 付出应有代价)

作品信息

作品类型：三等奖 · 国际传播
刊播单位：中国日报社
报送单位：中国日报社
作　　者：李洋
编　　辑：曲莹璞、邢志刚、安德鲁 · 格拉汉姆
作品字数：459 字
首发日期：2020 年 8 月 4 日

作品简介

2020 年年中，任期已近尾声的美国总统特朗普开启了对 TikTok 的制裁，这标志着美国针对中国企业的“政治猎巫”行动进一步升级。中国日报社评论部在确定新闻事实之后，第一时间组织精干力量撰写了本文，并在全平台进行传播。

新媒体展示

使用手机扫描下方二维码，即可观看本条获奖作品的新媒体展示。

获奖理由

本文被境外主流媒体广泛转载，提升了中国信息的海外到达率，也从一个侧面凸显了在国际传播领域内就热点涉华议题及时宣示我政策主张，把国际涉华议题主动权牢牢掌握在我们手里的紧迫性和重要性。

2020 年 9 月 24 日
《中国日报》要闻 16—17 版

作品信息

作品类型：三等奖 · 新闻版面
刊播单位：中国日报社
报送单位：中国新闻漫画研究会
作　　者：Mukesh Mohanan、杨柳、申薇
编　　辑：田驰、欧淑仪、王恺昊
刊播版面：要闻 16—17 版
首发日期：2020 年 9 月 24 日

作品简介

2020 年是故宫建成 600 周年，《中国日报》精心策划，以跨版篇幅向读者“解锁”其建筑特色与传世珍宝，并通过梳理紫禁城的重要历史节点，展现时代变迁。

获奖理由

作品通过可视化的报道形式，向海外读者展现了故宫是如何建成的及其 600 年的文化积淀。版面起到了很好的国际传播效果，受到海外读者的喜爱。

新媒体展示

使用手机扫描下方二维码，即可观看本条获奖作品的新媒体展示。

为和平而来

作品信息

作品类型:三等奖·电视新闻专题
刊播单位:湖南广播电视台
报送单位:湖南省新闻工作者协会
作　　者:杨亚军、胡顺江、路晓丹、李倩、
牟禹、王家熹、莫原
编　　辑:周潇、黄博、魏笑凡
作品时长:29 分
刊播栏目:湖南卫视《为和平而来》
首发日期:2020 年 9 月 8 日至 12 日

作品简介

节目主人公以八〇后、九〇后为主,节目以青春的视角展现发生在维和战场上的十个人物故事和十种迷彩青春,是全国省级卫视首次全面深入我军海外维和任务区实地采访拍摄、全方位展现各维和兵种面貌的军事题材力作。

新媒体展示

使用手机扫描下方二维码,即可观看本条获奖作品的新媒体展示。

获奖理由

节目积极探索维和题材的创新模式,采用国际化表达讲述中国故事,回应国际社会对中国维和部队的关切,回答了维和行动为了什么、干了什么、值不值得等问题,展现了中国军队威武之师、文明之师的良好形象。

“贝鲁特港口大爆炸”系列报道

作品信息

作品类型：三等奖 · 文字通讯与深度报道
刊播单位：新华通讯社
报送单位：新华通讯社
作　　者：李良勇、Dana Halawi、左昌、王健、支林飞、郭雅格、余忠稳
编　　辑：集体
作品字数：10 字、838 字、932 字
首发日期：2020 年 8 月 4 日

作品简介

2020 年 8 月 4 日，黎巴嫩首都贝鲁特港口发生特大爆炸，造成重大人员伤亡。新华社贝鲁特分社记者第一时间与编辑部合作抢发快讯，实现全球首发。

获奖理由

贝鲁特港口大爆炸是震惊全球的重大突发事件。新华社记者迎险而上，报道时效突出、细节丰富、融合特点显著，是近年来国际重大突发事件报道中的优秀案例。

新媒体展示

使用手机扫描下方二维码，即可观看本条获奖作品的新媒体展示。

葛玉修：我的镜头因你美丽

作品信息

作品类型：三等奖・电视新闻专题
刊播单位：山东广播电视台
报送单位：山东省新闻工作者协会
作　　者：林海燕、邓杰、朱思环
编　　辑：刘卫斌、曲展、张琳
作品时长：14 分 40 秒
刊播栏目：国际频道《五洲四海山东人》
首发日期：2020 年 10 月 17 日

作品简介

节目主人公葛玉修是青海银行系统一名生态摄影爱好者，在摄影、动物、环保领域，他都是业余的，却干了非常专业的事，被誉为“青海湖鸟王”“中华对角羚之父”。25 年来，他利用业余时间拍摄高原动物，多次经历生死考验，拍摄了几万张有价值的生态照片。

新媒体展示

使用手机扫描下方二维码，即可观看本条获奖作品的新媒体展示。

获奖理由

该作品最打动人心的“点”在于：一位业余摄影师对高原动物发自内心的欣赏、喜爱、保护之情，中国的环保工作受到海内外观众的关注和赞赏。全片情感细腻、影像生动、故事精彩、引人入胜。

外国人眼中“浴火重生”的武汉

作品信息

作品类型:三等奖·电视新闻专题
刊播单位:湖北广播电视台
报送单位:湖北省新闻工作者协会
作　　者:郭小容、王强、解炜、张雄飞、刘业峰、李沁、黎梦莹、王会林
编　　辑:吕世通、余雪辰
作品时长:4分50秒
刊播栏目:湖北卫视《长江新闻号》
首发日期:2020年10月4日至28日

作品简介

该作品是继《外国人眼中的武汉战“疫”》之后,推出的又一季外国人看武汉系列专题。作品在2020年国庆中秋长假推出,这是我国疫情防控常态化之后的第一个黄金周,也是世界观察中国的一扇窗口。

获奖理由

作品站位高远、制作精良,将“浴火重生”的武汉用画面和采访,直接带到观众面前。作品通过“外嘴”讲述湖北和中国的抗疫故事,以外国人易于接受的表达方式和语言习惯进行叙述,可视性和传播性强。

新媒体展示

使用手机扫描下方二维码,即可观看本条获奖作品的新媒体展示。

新疆的优棉之路

作品信息

作品类型：三等奖 · 电视新闻专题
刊播单位：吉尔吉斯斯坦国家广电总公司
报送单位：新疆维吾尔自治区新闻工作者协会
作　　者：秦拓、周光磊、赖莉莎、柳玉柱、程磊、徐敏
编　　辑：张静、曾晔、买买提 · 阿曼吐
作品时长：8 分 30 秒
刊播栏目：电视第一公共频道《今日中国》
首发日期：2020 年 11 月 19 日

作品简介

记者深入采棉机生产企业，看到新疆采棉机创新生产能力不断提升，与棉花种植相配套的下游加工产业链不断延伸。作品真实传递出新疆不断破解棉花产业发展中的一个又一个“卡脖子”难题，发展态势良好的现状。

新媒体展示

使用手机扫描下方二维码，即可观看本条获奖作品的新媒体展示。

获奖理由

这是一部理直气壮地讲好新疆故事的好作品。作品具有预见性，在美国借棉花炒作涉疆议题之前，提前预判，抢先发声。作品具有针对性，紧紧围绕棉花产业，多层次、全方位、立体式地展现了新疆棉花产业创新、优化、提升的进程。

胡同里的藏文课

作品信息

作品类型：三等奖 · 电视新闻专题
刊播单位：康巴卫视
报送单位：四川省新闻工作者协会
作　　者：孔兵、启米翁姆、苟小华、陈春文、旺珍、仁增才让
编　　辑：康主才让、周倩
作品时长：49 分 58 秒
刊播栏目：印度达兰萨拉 MCLLO 高清电视台《岗日杂塘》、康巴卫视《启米时间》
首发日期：2020 年 12 月 21 日

作品简介

2019 年 5 月至 11 月，摄制组先后两次赴北京、一次赴四川松潘县，真实记录了新时代藏族青年从高原来，融入城市、传播文化、奋力追梦的感人故事。

获奖理由

作品用丰富的镜头语言、细腻的故事情节、动人的情感共鸣，真实客观地记录了珠穆老师的所作所为、所思所想。作品准确体现了民族大融合、共筑中国梦的时代背景。

新媒体展示

使用手机扫描下方二维码，即可观看本条获奖作品的新媒体展示。

来自武汉的报道

作品信息

作品类型：三等奖 · 电视新闻专题
刊播单位：北京广播电视台
报送单位：北京广播电视台
作　　者：集体
编　　辑：徐滔、邵晶、李潇
作品时长：25 分 27 秒
刊播频道：北京广播电视台国际频道
首发日期：2020 年 4 月 8 日至 9 日

BRTV
北京广播电视台
BEIJING RADIO & TELEVISION STATION

作品简介

《来自武汉的报道》系列纪录片全方位记录了在全国本土疫情在最吃劲的阶段，以武汉为主战场的前方一线最核心点位发生的真实抗疫故事。

新媒体展示

使用手机扫描下方二维码，即可观看本条获奖作品的新媒体展示。

获奖理由

本片具有以下几大亮点：一，独家视角、深入疫区，讲述最美的抗疫故事。二，直击现场、真实动人，成就亲历式、全景式、全程式新闻系列报道。三，融媒传播、感动无界，及时向世界发出真实的中国声音。

在中国，
看 Frank 打开长三角“盲盒”

作品信息

作品类型：三等奖 · 融合创新
刊播单位：交汇点新闻客户端
报送单位：中华全国新闻工作者协会新媒体专业委员会
作　　者：集体
编　　辑：双传学、顾雷鸣
作品时长：22 分 13 秒
刊播平台：交汇点新闻客户端
首发日期：2020 年 12 月 1 日

作品简介

该融媒体行动和国际传播作品以“盲盒”这一全球年轻人喜爱的事物为载体，并以 Frank 打开“盲盒”之旅巧妙串联起中英文报道、新闻短视频等新闻周边产品，真正做到柔性互动式国际传播，讲好中国故事，让世界读懂中国。

获奖理由

新华报业传媒集团抓住新闻重要节点，邀请旅居中国近 30 年的英国媒体人 Frank 和记者一道深入苏浙沪皖四地，真实展现长三角区域一体化发展的进程和当今中国蓬勃发展的现状。

新媒体展示

使用手机扫描下方二维码，即可观看本条获奖作品的新媒体展示。

感恩和平
重走“南京安全区”

作品信息

作品类型：三等奖·广播新闻专题
刊播单位：江苏省广播电视总台(集团)
报送单位：江苏省新闻工作者协会
作　　者：集体
编　　辑：王卫刚、李轩、倪恩泉、王海荣
作品时长：6 分 10 秒
刊播栏目：金陵之声广播电台《海上生明月》
首发日期：2020 年 12 月 9 日至 13 日

江苏省广播电视总台(集团)
JiangSu Broadcasting Corporation

作品简介

《感恩和平 重走“南京安全区”》打破惯性思维，从国际视野的站位进行创新策划，以国际社会的证人证言史料为主体，邀请南京大屠杀幸存者、专家学者、医护人员等重走生命线，讲述历史，观照当下。

新媒体展示

使用手机扫描下方二维码，即可观看本条获奖作品的新媒体展示。

获奖理由

《感恩和平 重走“南京安全区”》报道立意高远、主题深刻，报道格局大，举重若轻，从国际传播的视角，以来自国际社会的证人证言以及物证史料为主，微观切入，宏观展开。

香港故事：一部法和三个人

作品信息

作品类型：三等奖·短视频专题报道
刊播单位：中国蓝新闻客户端
报送单位：中华全国新闻工作者协会新媒体专业委员会
作　　者：集体
编　　辑：赵林、陈雷浩、陈思佳
作品时长：8 分 15 秒
刊播平台：中国蓝新闻客户端
首发日期：2020 年 7 月 30 日

作品简介

在香港国安法落地实施“满月”之际，浙江广电集团融媒体新闻中心推出短视频专题《香港故事：一部法和三个人》，报道一个在港外籍志愿者、一个香港企业家和一个移居香港的浙江人，三个来自不同阶层的人物的故事。

获奖理由

这组报道以小切口反映大主题，生动讲述香港国安法落地前后香港不同阶层的人的改变，反映这部法律给香港社会带来的重大积极影响。作品角度新颖、节奏明快，在香港舆论场引发积极反响。

新媒体展示

使用手机扫描下方二维码，即可观看本条获奖作品的新媒体展示。

盐池胡旋舞

作品信息

作品类型：三等奖·电视新闻专题
刊播单位：中阿卫视（宁夏广播电视台卫视频道）
报送单位：宁夏新闻工作者协会
作　　者：李军、谢红、周冬冬、刘欢磊、阮威
编　　辑：李丽、李岩
作品时长：20分24秒
刊播栏目：《故事》
首发日期：2020年12月19日

作品简介

《盐池胡旋舞》以国宝级文物石刻胡旋舞墓门作为讲述主体，全片没有解说，而是请来宁夏博物馆馆长李进增与宁夏舞蹈家协会名誉主席庞玉瑛，从历史与艺术两个维度对这件国宝所蕴含的考古与文化价值进行解读。

新媒体展示

使用手机扫描下方二维码，即可观看本条获奖作品的新媒体展示。

获奖理由

本片切入点新鲜，故事讲述特点鲜明，用故事讲述中国历史上文明的交流交融，展示出中国历史的辉煌与中华文化的魅力。

一墙一洞一“熊掌”
治愈系咖啡店背后的暖心故事

作品信息

作品类型：三等奖 · 电视消息
刊播单位：FOX
报送单位：上海市新闻工作者协会
作　　者：集体
编　　辑：袁枫涛、符律、赵翌、顾群、杨颖杰、陶秋石
作品时长：2 分 5 秒
刊播栏目：*Good Day*
首发日期：2020 年 12 月 4 日

作品简介

报道中的残疾人咖啡师敬业、积极，以最合适的方式为顾客服务，既体现了他们自食其力、开拓创新的奋斗精神，吸引公众关注这一特殊的群体，又展现了上海为每位普通人干事创业所营造的充满人文关怀的城市氛围。

获奖理由

该片虽是“小身材”，但新闻性、针对性强，不乏吸引力和亲和力。熊掌咖啡在上海走红，又在海外成为“爆款”。这个温情的小故事凸显了中国城市发展“人人出彩”的价值观。

新媒体展示

使用手机扫描下方二维码，即可观看本条获奖作品的新媒体展示。

钟南山

作品信息

作品类型:三等奖·国际传播
刊播单位:广东广播电视台
报送单位:广东省新闻工作者协会
作　　者:董珂、施燕峰、雷锋学、林庆坚、李佳、谭世桢、康毅
编　　辑:董珂、林敏熙、周莹莹
刊播频道:广东卫视
首发日期:2020 年 4 月 8 日

作品简介

本片从新冠肺炎疫情切入,讲述了钟南山院士在 2003 年“非典”和 2020 年新冠肺炎疫情中,奋斗在抗疫一线的故事,介绍了钟南山的成长经历,着重凸显了钟南山不忘国忧、勇于担当、率直敢言的优秀品质。

新媒体展示

使用手机扫描下方二维码,即可观看本条获奖作品的新媒体展示。

获奖理由

该片推出以后,无论是在电视媒体还是在网络平台、自媒体上播放,都得到一致好评和充分认可。该片导向正确、主题鲜明、内容真实、时效性强,在当时抗疫最困难的时候,起到了稳定人心、鼓舞士气的作用。

科学的中医药

作品信息

作品类型：三等奖 · 国际传播
刊播单位：津云客户端
报送单位：中华全国新闻工作者协会新媒体专业委员会
作　　者：集体
编　　辑：吴晓琳、杨奕、洪涛
刊播平台：津云客户端
首发日期：2020 年 12 月 24 日

作品简介

该短视频采用纪录片的形式，从外国人的视角讲述中医药的疗效。创作团队按照外国人的思维，真实客观地描述了中医药科技创新的结晶——中药组分库的情况，以及它为全世界抗疫提供的科学的中国方案。

获奖理由

短视频《科学的中医药》以外国人的思维、外国人的视角讲述了中医药的神奇疗效及其在抗击新冠肺炎疫情中的应用，而对于医学领域的专业问题，则采用MG动画进行直观解释，采访画面紧扣主题，真实、生动、权威。

新媒体展示

使用手机扫描下方二维码，即可观看本条获奖作品的新媒体展示。

“区块链+”如何重构内容产业生态

作品信息

作品类型：三等奖 · 新闻论文
刊播单位：《新闻与写作》杂志社
报送单位：北京市新闻工作者协会
作　　者：王佳航
编　　辑：李蕾
刊播版面：专题
首发日期：2020 年 1 月

作品简介

在梳理相关文献的基础上，本文着重分析作为未来互联网底层架构的区块链技术的特性及其在内容产业的实践应用，探讨区块链技术对内容产业生态可能产生的重大影响。

新媒体展示

使用手机扫描下方二维码，即可观看本条获奖作品的新媒体展示。

获奖理由

该论文立论正确、论据可靠、论证充分、论述严谨，重视实践探索与理论创新，在学界、业界受到广泛关注，对学界、业界皆有较高的指导价值。

“三个重构”助力深度融合发展

作品信息

作品类型：三等奖 · 新闻论文
刊播单位：《新闻战线》杂志社
报送单位：湖南省新闻工作者协会
作　　者：李鹏飞、彭培成
编　　辑：武艳珍
刊播版面：研究走廊
首发日期：2020 年 12 月

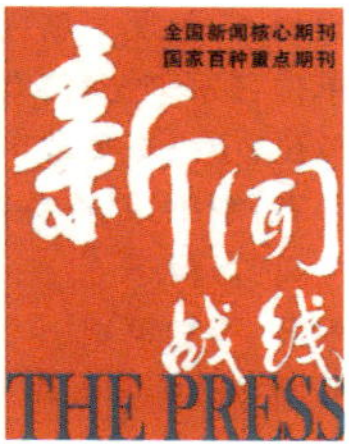

作品简介

论文第一作者作为省会党报的主要负责人，以高度的政治自觉和敏锐性推进长沙晚报社深度融合发展，为此，长沙晚报社采取系列举措，成立专门技术公司，以先进技术赋能融合发展，加强新技术在新闻传播领域的前瞻性研究和应用。

获奖理由

文章政治站位高，论述精辟严谨，理论与实践结合紧密，为全国城市党报数字化、网络化、智能化发展寻求破局之策。文章被权威刊物《新华文摘》摘转，说明其具有理论性、现实性、指导性和前瞻性，符合学术规范。

新媒体展示

使用手机扫描下方二维码，即可观看本条获奖作品的新媒体展示。

强化思想引领　抢占舆论高地

——《战略支援报》提高舆论引导力的探索与实践

作品信息

作品类型：三等奖·新闻论文
刊播单位：《军事记者》杂志社
报送单位：中央军委政治工作部宣传局
作　　者：邹维荣、徐善奎
编　　辑：吕俊平
刊播版面：特别策划
首发日期：2020年2月15日

作品简介

论文针对当前军事新闻传播面临的现实问题，在深入研究全媒体时代军队报纸特点规律的基础上，围绕报纸如何聚焦突出思想引领作用，注重观点的分量、报道的质量和精神的力量，提高舆论引导力等方面进行了一系列探索与实践。

新媒体展示

使用手机扫描下方二维码，即可观看本条获奖作品的新媒体展示。

获奖理由

论文深刻阐释了强化报纸思想引领作用的重要性，发挥了解疑释惑的作用；针对传统媒体面临的矛盾困境，摸索出一条运用思想的力量实现突围的方法路径；结合传统媒体在思想表达方面存在的短板弱项，进行了系统、全面、深入的思考。

话语建构与国家认同：抗疫影像报道怎样讲好“中国故事”

——浙报集团武汉特派记者 66 天抗疫实录和思考

作品信息

作品类型：三等奖 · 新闻论文
刊播单位：《传媒评论》杂志社
报送单位：《传媒评论》杂志社
作　　者：蒋蕴
编　　辑：杨忆华、冯潇颖
刊播版面：探索第 47—51 页
首发日期：2020 年 12 月

传媒评论
MEDIA REVIEW

作品简介

论文以浙报集团武汉特派记者 66 天抗疫影像报道为研究基础，追寻文本中随疫情发展而变化的话语情感脉络。研究从四个维度切入，以“温暖理性”为价值导向，深入展示灾难面前的中国担当。

获奖理由

这篇论文探讨我国主流媒体如何建构话语体系，讲好中国故事，进而培育受众的国家认同。论文立意高远，问题意识明确，论据丰富，多用报道的一手素材阐释观点，引注规范，堪称经验体会类论文中的上乘之作。

新媒体展示

使用手机扫描下方二维码，即可观看本条获奖作品的新媒体展示。

报之利器可示于人
——媒体融合纵深发展的“四度”空间

作品信息

作品类型：三等奖 · 新闻论文
刊播单位：《中国报业》杂志社
报送单位：中央主要新闻单位初评委员会
作　　者：张坤
编　　辑：张晓燕
刊播版面：特别策划版第 18—21 页
首发日期：2020 年 8 月

作品简介

本作品重点从媒体融合纵深发展的“四度”空间展开论述，以系统观念深入分析中国报业跨界融合一体化进程，为中国报业在全媒体时代的历史机遇期，坚持守正创新、深化融合发展，提供了优质可靠的方法论与路线图。

新媒体展示

使用手机扫描下方二维码，即可观看本条获奖作品的新媒体展示。

获奖理由

作品政治站位高，指导性、操作性强，剖析了媒体跨界合作共赢，全媒体内容、流程、产业价值链构造，智媒体、全媒体人才培养，创新管理，市场化、资本化等理念。

促进内容生产深度融合 构建全媒体传播格局

——以《光明日报》的实践探索与实现路径为例

作品信息

作品类型：三等奖 · 新闻论文
刊播单位：《传媒》杂志社
报送单位：光明日报社
作　　者：陆先高
编　　辑：左志新
刊播版面：第 15—17 页
首发日期：2020 年 10 月

作品简介

这篇文章谈光明评论作为《光明日报》的头部内容，是如何从策划选题到确定作者、编发稿件再到各媒体矩阵刊发，全面进入融媒体产品生产轨道与流程的，认为应该多维度进行媒体融合。

获奖理由

该文以构建全媒体传播格局立意，以《光明日报》融媒体实践与实现路径为例，立意独特，立论和举例扎实，方向性和方法论兼具，文字表达简约明了，可学可用，操作性强。文章发表后，学界业界都予以高度评价。

新媒体展示

使用手机扫描下方二维码，即可观看本条获奖作品的新媒体展示。

基于社交媒体的党报话语力再造
——探析人民日报法人微博日常策划

作品信息

作品类型：三等奖 · 新闻论文
刊播单位：《传媒论坛》杂志社
报送单位：新疆维吾尔自治区新闻工作者协会
作　　者：赵卫斌
编　　辑：韩新朝
刊播版面：传媒观察第 15—16 页
首发日期：2020 年 11 月

作品简介

该论文聚焦新媒体策划长效机制，以典型案例为切口，从导向为魂、策划方式、传播效果等几个方面，对党媒如何做好策划，夺回网络话语权，形成正面舆论在网上的强势地位做出深刻论述，提出了方法论。

新媒体展示

使用手机扫描下方二维码，即可观看本条获奖作品的新媒体展示。

获奖理由

该论文理论联系实际，融思想性、实践性于一体，观点鲜明，阐释深刻。论文对主流媒体入驻社交平台后，如何设置好议题，精准定位内容，搭建沟通桥梁，吸引年轻受众，把网络话语权牢牢掌握在手中等内容，进行了较为集中、精准的论述。

一体多维：城市广播与媒体融合的未来之路

作品信息

作品类型：三等奖·新闻论文
刊播单位：《中国广播》杂志社
报送单位：天津市新闻工作者协会
作　　者：印永清
编　　辑：刘浩三
刊播版面：传媒观察 4—10
首发日期：2020 年 11 月

中国广播
CHINA BROADCASTS

作品简介

本文站在新时代广播发展融合的历史节点，梳理了改革开放以来国内城市广播的发展历程，总结了国内城市广播发展的特点及实践经验，就其发展方向提出了前瞻性的解决方法和路径。

获奖理由

该论文紧贴时代发展前沿，聚焦当代中国城市广播媒体融合和建设新型主流媒体这一主题，系统梳理了改革开放以来国内城市广播的发展历程，充分论述了城市广播转型发展的方向及改革的目标。观点高屋建瓴、新颖鲜明，对实践具有很强的指导意义。

新媒体展示

使用手机扫描下方二维码，即可观看本条获奖作品的新媒体展示。

国家治理现代化中的媒体使命与调适创新

作品信息

作品类型：三等奖 · 新闻论文
刊播单位：《新闻战线》杂志社
报送单位：海南省新闻工作者协会
作　　者：孔德明
编　　辑：郭潇颖
刊播版面：第 4—6 页
首发日期：2020 年 1 月

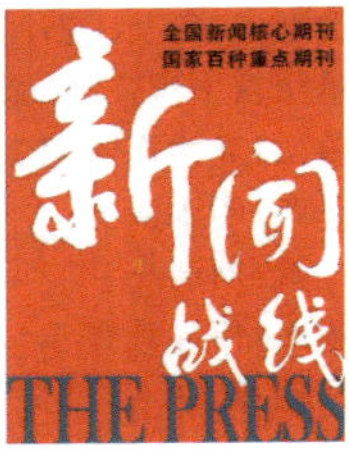

作品简介

文章分析了新闻媒体在推进国家治理体系和治理能力现代化中的职责与使命，提出要强化使命意识，体现主流价值，服务重大战略，做好推进国家治理体系和治理能力现代化中的媒体调适工作。

新媒体展示

使用手机扫描下方二维码，即可观看本条获奖作品的新媒体展示。

获奖理由

新闻媒体特别是主流媒体要充分认识自身在推进国家治理体系和治理能力现代化中的使命、任务，主动对标对表，做好自我调适，在推进社会主义国家治理中创新实干、奋发进取，争创新业绩、展现新作为。

党媒经营改革 要牢牢把握生存发展主动权

作品信息

作品类型：三等奖·新闻论文
刊播单位：《中国报业》杂志社
报送单位：重庆市新闻工作者协会
作　　者：管洪、田宏明
编　　辑：胡线勤
刊播版面：名家论道
首发日期：2020年12月

CHINA NEWSPAPER 中国報業

作品简介

该文写作、发表恰逢其时，为有针对性地学习、运用《关于加快推进媒体深度融合发展的意见》（下简称《意见》）提供了生动、鲜活的案例，能够让读者在以案说理中更好地领会和理解《意见》的精神实质，融学理性和实用性于一体，兼具应用和学术价值，是值得推荐的优秀新闻论文。

获奖理由

该文是一篇有关媒体经营改革的论文，说明和验证了主流媒体牢牢把握生存发展主动权的极端重要性，阐明了党媒经营创新必须紧扣传媒主业、发挥优势，必须强化互联网思维，必须形成可持续发展模式。

新媒体展示

使用手机扫描下方二维码，即可观看本条获奖作品的新媒体展示。

新冠肺炎疫情期间网络风险传播的特点及启示

作品信息

作品类型：三等奖 · 新闻论文
刊播单位：《新闻传播》杂志社
报送单位：福建省新闻工作者协会
作　　者：陈小岑鸟、黄勇
编　　辑：许涛
刊播版面：博士论坛
首发日期：2020 年 12 月

作品简介

该论文从风险的媒介建构性入手，分析新冠肺炎疫情期间网络风险传播的特点，并引发思考，总结出主流媒体、社交媒体、短视频、专家以及网络民意在网络风险传播生态中的地位和作用。

新媒体展示

使用手机扫描下方二维码，即可观看本条获奖作品的新媒体展示。

获奖理由

网络风险传播属于较为前沿的新闻传播学研究领域，在当前风险社会和全媒体传播的时代背景下具有重要的研究价值。该论文采用实证研究方法，其结论对于一线新闻工作者进行媒介风险传播具有一定的实践指导意义。

图书在版编目(CIP)数据

第31届中国新闻奖获奖作品新媒体展示手册/殷陆君,曾祥敏主编.--北京:中国传媒大学出版社,2022.8
ISBN 978-7-5657-3188-4

Ⅰ.①第… Ⅱ.①殷… ②曾… Ⅲ.新闻—作品集—中国—当代 Ⅳ.①I253

中国版本图书馆CIP数据核字(2022)第050231号

第31届中国新闻奖获奖作品新媒体展示手册
DI-31JIE ZHONGGUO XINWENJIANG HUOJIANG ZUOPIN XINMEITI ZHANSHI SHOUCE

主　　编	殷陆君　曾祥敏
策划编辑	王雁来
责任编辑	王雁来
封面设计	郭　琳
责任印制	李志鹏

出版发行	中国传媒大学出版社		
社　　址	北京市朝阳区定福庄东街1号	**邮　　编**	100024
电　　话	86-10-65450528　65450532	**传　　真**	65779405
网　　址	http://cucp.cuc.edu.cn		
经　　销	全国新华书店		

印　　刷	北京中科印刷有限公司
开　　本	889mm×1194mm　1/32
印　　张	11.625
字　　数	543千字
版　　次	2022年8月第1版
印　　次	2022年8月第1次印刷

书　　号	ISBN 978-7-5657-3188-4/I·3188	**定　　价**	79.00元

本社法律顾问:北京嘉润律师事务所　郭建平